高阳说曹雪芹

家奴的荣耀与衰败

Gao Yang
Talking about
Cao Xueqin

高阳 ◎ 著

北京时代华文书局

图书在版编目（CIP）数据

高阳说曹雪芹 / 高阳著 . —北京：北京时代华文书局，2020.11
ISBN 978-7-5699-3960-6

Ⅰ . ①高… Ⅱ . ①高… Ⅲ . ①曹雪芹 (1715-1763)- 人物研究
② 《红楼梦》 研究 Ⅳ. ① K825.6 ② I207.411

中国版本图书馆 CIP 数据核字 (2020) 第 231022 号

北京市版权局著作权合同登记号　图字：　01–2020–5795 号

高阳说曹雪芹
GAO YANG SHUO CAO XUEQIN

著　者｜高　阳

出 版 人｜陈　涛
责任编辑｜周海燕
装帧设计｜人马艺术设计 · 储平
责任印制｜訾　敬
出版发行｜北京时代华文书局 http://www.bjsdsj.com.cn
　　　　　北京市东城区安定门外大街 138 号皇城国际大厦 A 座 8 楼
　　　　　邮编：100011　电话：010–83670692　64267677
印　　刷｜北京盛通印刷股份有限公司　电话：010–52249888
　　　　　（如发现印装质量问题，请与印刷厂联系调换）
开　　本｜880mm×1230mm　　1/32
印　　张｜7.5
字　　数｜150 千字
版　　次｜2021 年 5 月第 1 版
印　　次｜2021 年 5 月第 1 次印刷
书　　号｜ISBN 978-7-5699-3960-6
定　　价｜55.00 元

目 录

没有学术，哪有自由——曹雪芹的包衣身份　001

为了创作的自由——曹雪芹故居之发现　037

两像、一箱、一墙——大陆红学界的内幕　045

曹雪芹的两个世界——贫居西郊的最后十年　059

假古董——「靖藏本」　075

《红楼梦》的起点——从少年名士到满汉教习　101

归旗后的北平生活——隐藏的金陵旧梦　115

功名与弟兄——抄家后的十年　129

「元妃」影射平郡王福彭考——隐藏在金陵旧梦中的另一世界　161

《红楼梦》后四十回——高鹗何能解曹雪芹所制的谜？　203

没有学术，哪有自由

——曹雪芹的包衣身份

前　言

或问：《明报·月刊》一五〇期特稿《曹雪芹故居之发现》，其真实性如何？我的答复是：并无直接的证据可以证明香山"卧佛寺东南一公里左右健锐营正白旗的西南角，路北门牌三十八号"（以下简称三十八号）为曹雪芹的故居，却有许多反面的证据可以证明三十八号绝非曹雪芹的故居。

在举证支持我的结论之前，先须澄清一个问题：曹雪芹入京归旗后，绝未重到江宁，更无为尹继善延入幕府之事。道理很简单，督抚的幕宾无异诸侯的上客，如果曹雪芹在乾隆二十四年或二十五年曾入尹幕，北归后绝不致穷得"举家食粥酒常赊"。周汝昌的"红学"，先有一成见梗于胸中，穿凿附会，全力想证明他的牛角尖是一条康庄大道，以致越陷越深，不克自拔，连带害得好些人枉抛心力。因此，我首先要就此一问题做一分析，证明周汝昌的考证表面言之成理，其实毛病百出。至于"黄震泰原稿，黄庚编撰"的《曹雪芹故居之发现》一文（以下简称黄文），写法与周汝昌相似，字里行间充满了自以为是的自信。但基本修养不足，写作态度轻率，亦实在没有什么好驳的。不过由黄文发端，正好导入我的一个最新的看法——或者说是发现：曹雪芹由于性情高傲，不愿自贬其人格，所以在无形中摆脱了"包衣"的身份，亦就失去了内务府对上三旗包衣应有的照料。我用证据支持我的结论，并不强求人接受我的结论，但我必须这么说：如果你接受我的结论，就会觉得敦诚、敦敏跟张宜泉的诗句句可解，深刻有味；同时对有关曹雪芹的许多疑团，譬如他有好些族人与阔亲戚，何以竟穷得没饭吃，甚至他的后事都须朋友来替他料理，亦都容易解答了。

以下先辟曹雪芹入尹幕之说。

一、何曾入幕府

周汝昌《红楼梦新证》乾隆二十四年条：

> 曹雪芹三十六岁，秋，赴尹继善招，入两江总督幕。

其主要根据在一幅画像，吴恩裕《有关曹雪芹十种》内《考稗小记》云：

　　河南博物馆藏一画像册页，其中有"雪芹先生"一幅。一九六三年上海某同志过郑州，发现此像，拍照寄京。像为一直幅，原作大小尚不知。

　　"雪芹"坐，无配景，面微向左，下身亦在左侧，长衣无领，草履；双手皆露于袖外，有指甲，颇长。面圆而胖，色绝黑，盖画时着铅粉，年既久，遂暗黑至不可辨识。细察其眉目平正，鼻下端较阔，与王南石所绘者似为一人，唯较王作稍早耳。左上方有画者题词云："雪芹先生洪才河泻，逸藻云翔。尹公望山，时督两江，以通家之谊，罗致幕府；案牍之暇，诗酒赓和，铿锵隽永。余私怀钦慕，爰作小照，绘其风流儒雅之致，以致雪鸿之迹云尔。云间艮生陆厚信并识。"下有"艮生"阳文、"陆印厚信"阴文二印，均篆文。另一页有尹继善诗二首，诗云："万里天空气沉寥，白门云树望中遥；风流谁似题诗客，坐对青山想六朝。""久住江城别亦难，秋风送我整归鞍；他时光景如相忆，好把新图一借看。"下款署"望山尹继善"，再下阴文"继善"，阳文"敬事慎言"二章。尹诗无上款，但此诗见于《尹文端公诗集》卷九，题为《题俞楚江照》。

　　俞楚江名瀚，绍兴人，布衣，尹继善督两江时的食客。尹《题俞楚江照》诗，确与陆厚信所画"雪芹先生"像无关。但此"雪芹先生"亦绝非曹雪芹，即因曹雪芹根本未重回江南，更谈不到入两江幕府。

首先我要拉袁子才做个证人。袁子才两榜及第后朝考，诗题《赋得因风想玉珂》，为刻画想字，有句云："声疑来禁院，人似隔天河。"诸总裁以为语涉不庄，将置之于末等；唯尹继善为袁力争，因而得点为庶吉士。师弟以此相得，关系极深，踪迹甚密。如周汝昌所言，曹雪芹于乾隆二十四年秋入两江幕，而其时尹诗中即有两题：《中秋后一日招袁子才西园小酌和韵》《秋日与袁子才不系舟话旧用子才韵》。西园及题名"不系舟"的书斋，皆在督署。尹的门客，袁子才应该无不见过，以袁的好事、喜骛声气，如果见过曹雪芹，必在诗话中大书特书，谁知《随园诗话》卷二是这么说的：

> 康熙间曹练亭为江宁织造，每出拥八驺，必携书一本，观玩不辍，人问何好学？曰："非也！我非地方官，而百姓见我必起立，我心不安，故借此遮目耳！"……其子雪芹撰《红楼梦》一部，备记风月繁华之盛。

又，同书卷十六：

> 丁未八月，余答客之便见秦淮壁题云……尾署翠云

道人，访之乃织造成公之子啸厓所作，名延福，有才如此，
可与雪芹公子前后辉映。雪芹者曹练亭织造之嗣君也，
相隔已百年矣。

袁子才竟误曹雪芹为曹寅之子，且视之为"相隔百年"的古
人！按：此"相隔已百年"就算是指曹寅与延福，则曹寅殁于康
熙五十一年壬辰（一七一二），下至乾隆五十二年丁未（一七八七），
亦只七十五年，"百年"虽乃举成数而言，亦不致相差四分之一
之多。又两误曹楝亭为曹练亭，足见袁子才不但未见过曹雪芹，
并且对雪芹的家世亦不甚了了。此所以会误会他的随园即是《红
楼梦》中的大观园。

其次，尹继善诗集为编年体，而从头至尾始终不见有邀曹雪
芹入幕的迹象，事实上，乾隆二十四年重阳以后，尹继善奉召入觐，
年底始回，旅途中怀人之诗有好几首，独不及于甫见即别的曹雪芹，
亦非情理所应有。

周汝昌之遽据不知谁何而题名"雪芹先生"的画像，指曹雪
芹曾为尹继善的幕友，言之凿凿，实在是件很可笑的事。而所以
有此失者，乃由于周汝昌对清朝的"幕府制度"实只"略有了解"，
似是而非，其言曰：

也曾有人致疑：曹雪芹出而为尹继善做幕，这不是

和他的生平不相调和了吗？

这需要对于幕府制度略有了解。清代幕府人员（俗称"师爷"者是），多由"白身""布衣"或连举人都考不取的下层文士充任，他们的身份是宾师，招请者（俗称"东家"）须师礼重聘，而绝不同于"上司下属"的僚属关系（清末张之洞废幕宾制，重用科举功名人为"文案"，性质始变）。因此，幕宾们虽然客观上还是为"东家"的政治利益服务，但他们并不属于僚属范围。其次，"功名"得志的，大都是"空头"家（所以曹雪芹通过小说人物而骂他们："亏你们还是进士出身，原来不通！"），而做幕僚的却必须有真才实学，所以像曹雪芹，虽然只是拔贡生，却比那些状元、翰林、进士高明得多。出而做事，给人做做"西宾"，并不算玷污了他的生平。这一点是应当加以说明的。

（见周汝昌著《〈红楼梦〉及曹雪芹有关文物叙录一束》一文第五节"画像"。）

这段话肆意攻击科举制度，而周汝昌对科举制度，亦正如他对幕府制度，了解并不多。清朝的拔贡有定额，每县只得一名。乾隆朝定为十二年一举，逢酉年选拔，故而名贵非凡。康熙十一年准从八旗生员中选拔，定额满洲、蒙古各二名，汉军一名。曹雪芹是包衣，即根本无成为拔贡的可能。

至于周汝昌所说"幕府人员"，大致是监司以下的情况。幕友中最重要者为刑钱两席，刑名至臬司而止，钱谷则至藩司而止。至于督抚的幕友，与一般以游幕为专业的"绍兴师爷"有别。因为所业不同，所求亦异。督抚的幕友，大致分五种，一种是司章奏，非胸有经济，能揣摩上意者不可，如田文镜的"邬师爷"；一种是参政事，常为奇才异能之士，如陈潢之佐靳治河；一种是办应酬笔墨，须文采独优者始能胜任；一种是应接宾客，如今之所谓搞"公共关系"；再有一种不过是当清客。至于真正爱才，或者为博得好士之名，一诗投赘，置之门下，如绝礼遇者，乾嘉督抚中，亦颇不乏人，如毕秋帆、阮芸台等皆是；尹继善当然也是。

《随园诗话》卷十三有一条云：

康熙、雍正间，督抚俱以千金重礼，厚聘名流。

此风至乾嘉不替。尹继善素称宽厚，对幕友尊礼有加，见于诗集者，有宋宝岩、曹西有、娄毓青、陈光岳以及俞楚江等人，以曹西有（名庚，字西有，号凫川，上元人，能诗善画）为例，《尹诗》卷六一连有三题：

和曹西有画松歌

曹西有有举子之喜赋诗索和

曹西有喜得麟儿予以虎头锁奉贺并赠嘉名西有赋诗

言谢走笔和之

　　绸缪如此，亲切感人。如果曹雪芹曾为尹继善幕友，首先"送关书"时，照例预送一年的束脩，以便安家，其数当不下三五百两银子。回京时亦应有一笔程仪，至少也有一二百两。即令宾主不欢而散，尹继善亦不会不顾曹雪芹的生活，因为他要顾全他自己礼贤下士的名声。请周汝昌试想，如果当时有人这么说："尹继善待人真刻薄：曹雪芹在他幕府里一年，回来穷得没饭吃！"尹继善肯担这么一个名声吗？

二、 亦未住营区

　　关于曹雪芹的故居问题，我要分三段来谈：

　　（一）曹雪芹能分配到属于健锐营营房的"三十八号"吗？

　　（二）虽未分配到，是否曾借住过"三十八号"？对那些"题壁"作何解释？

　　（三）如未曾借住过"三十八号"，曹雪芹住于何处？

　　现按次序，先谈第一段。《清会典》卷八十五《八旗都统》：

八旗都统，满洲八人，蒙古八人，汉军八人。（每旗满洲、蒙古、汉军各一人。）

掌满洲蒙古汉军八旗之政令，稽其户口，经其教养，序其官爵，简其军赋，以赞上理旗务。

序八旗之上下，镶黄正黄正白曰上三旗，余曰下五旗。凡上三旗包衣，隶于内务府，下五旗包衣，各隶于其旗。（上三旗包衣详内务府，其王公府包衣俱入下五旗。）

由此可知，上三旗的都统与下五旗的都统职掌有差别，后者能管本旗包衣，而前者不能。

《清会典》卷八十七、八十八专叙八旗营制，其名目凡十二。健锐营之缘起及任务如下：

健锐营、掌印总统大臣一人（于总统大臣内特简），总统大臣（于王大臣内特简，无定员）掌左右健锐营之政令。

选前锋之习云梯者别为营（乾隆十四年金川凯旋，以八旗兵习云梯者设为专营，是为健锐营，营分两翼，额设满洲蒙古前锋二千人，委前锋千人……）以时训练其艺。

大阅则为翼队，会外火器营以交冲。常日，备静宜园之守卫。（以参领一人，前锋校前锋十人，守卫静宜园宫门；驾幸静宜园，则移驻碧云寺孔道。）

巡幸则扈从。（巡幸以官兵十分之一出派扈从，统以翼长一人，翼长穿黄马褂，前锋参领蓝镶黄马褂，兵丁黄镶蓝马褂。）

按：前锋营之成员，规定"选满洲、蒙古兵之尤锐者为前锋"，是则健锐营系由锐而又锐的满洲、蒙古兵所组成。汉军、包衣皆不与其选，上三旗的包衣则更是风马牛不相及。所以曹雪芹是绝不能分配到香山健锐营的营房的。

然则是否能借住健锐营的营房呢？稽诸史实，亦看不出有此可能。因为健锐营的建制，以生活与训练合一为其特色。宣统二年蒋维乔《西山游记》载，"复赴卧佛寺，遥见山巅到处有碉堡，为清乾隆时用兵征金川，健锐营在此练习攻守者"。蒋维乔游西山碧云寺、卧佛寺，上距乾隆大小金川之役已一百五十年，碉堡犹存，可以想见当时训练的严格。若纯为食宿所在的普通营区，犹可借住；刁斗森严之地，何得容外人闯入？即有可能，曹雪芹又何能经常忍受演习攻城厮杀的喧嚣？

至于题壁的文字，诚如黄文中所说："从字体上看，不似同一人之笔迹。更加上就诗词内容看，立意雅俗不同，文化水平不一，当非出自一人之手,时间上也可能有前后之别。"但黄文中又谓:"如果我们用'吴王''六桥烟柳''鱼沼秋蓉'及'有花无月'两残句,与曹公在《红楼梦》所作各诗词比较,很容易发现其风格与重叠之用字法是相同的。尤其是'吴王'一首及'有花无月'两句,的确与二十七回的《葬花词》、与七十回的《桃花行》在意境上有若干相似之处,后者很可能就是根据前者延长与发展而成的。"其意若谓所举诗词为曹雪芹一人的手笔,岂非前后矛盾?而且"吴王"一诗,结尾明谓"偶录锦帆径",其非题壁人的作品彰彰明甚。

说题壁文字与曹雪芹有关,是可以用几句话来全盘否定的,实不必逐一分析。不过,其中有一点似是而非,不辨无以祛疑,那就是黄文十五点分析中的第二点,为说明方便,不能不引录原文。

第二个问题,我们再看"途人骨肉"的扇面诗,就内容看似乎不够含蓄,然而人在穷困无聊难以自遣之际,也可能不择字句,一吐为快。我们可以用此诗和曹雪芹在《红楼梦》中写的标题诗"朝叩富儿门,富儿犹未足,虽无千金酬,嗟彼胜骨肉",又撰回末结联云"得意浓时易接济,受恩深处胜亲朋"比较,可以看出其对骨肉亲朋间贫富势利世态炎凉的慨叹是一致的。按照周汝昌先生在《红楼梦新证》稽年考据一节所说"一七四五年乙丑乾隆十年,曹雪芹二十二岁,流落无依,寄居亲友,《石头记》撰作之业有加无已"（原书七〇六页），而此诗之年月为一七四六年丙寅四月（清和月）下旬，为移居西山之第二年，时间、内容、口气皆相符。

当然此一"丙寅"也可能是其他丙寅，不过年代之考据工作应配合其他证据，不能专看干支纪年（如果历史仅凭干支纪年，则一切年代都变成毫无意义了，脂砚斋庚辰本说不定是一九四〇年批的，此一题诗也可能是周宣王共和七年写的了）。又从"抗风轩"之命名，我们可以理解此诗作者所要"抗"的"风"显然是指一种"风头不顺"的逆风。这又与曹家因为参加了胤禩、胤禟等集团与胤禛（按：应为禛）争立，结果遭受政治风暴冲击有意义上之关联。无权无势的人要抗拒这种巨大的风暴，恐怕只能出之写作与批评一途了。当《石头记》的稿本被"内廷索阅"时，也许这个"抗风轩"就变成"悼红轩"，听起来委婉得多了。

首先我要指出，以为曹雪芹的书斋命名"抗风轩"，而隐指此"抗风轩"即为三十八号，是毫无根据且未深思的武断。明道是"偶录于抗风轩之南几"，何得见于"北房西山墙"？而且"偶录"的字样，亦如《锦帆径》一诗，是录非作。

其实如黄文所述，题壁的过程是很清楚的，先是有人录诗于扇，这把折扇应该是十一根骨子，扇面十开，对缝十九行，以四与一的比例间隔书写，十八行共四十五字，留一行署款。不意第五行误书为五字。即不能不在后面增一字，可能将"四月"改为"清

和月"，亦可能在"录"上加一"偶"字，以期末字仍落在十八行上。

　　这把扇子到了题壁人手里，一时兴起，依样葫芦，"画"在壁上。不过最后一行不署原款，改为"拙笔学书"而已。

　　事情就是如此简单，"丙寅清和月"与"抗风轩"之时与地，皆与三十八号毫不相干。谓予不信，则请问：题壁之丙寅如非乾隆十一年，与曹雪芹何关？如为乾隆十一年，三十八号何在？请别忘记，健锐营创于乾隆十四年。砖面有"嘉靖十七年造"字样，并不足以证明此屋即建于明朝，撤旧材、造新屋，在宫中亦是常事。至于黄文解释"抗风"，说是"这又与曹家因为参加了胤禩、胤禵等集团与胤禛争立"云云，我还可以告诉黄君，"抗风轩"之名见于贵本家黄晦闻的诗句，文酒雅集的高轩总不至于会在刁斗森严的兵营中吧？

　　黄文中又谈到曹雪芹字迹的比较，我不知道《南鹞北鸢考工志》序文是否确为曹雪芹"手书双钩"，但双钩字一望而知为章草，题壁之字则不成路数，其中"然"字完整。而"序文首页"即有三"然"字，可供比较，无烦词费，又漆箱题字"乾隆二十五……"似是苏字底子，与章草迥不相侔。

　　这些都是枝节，我仍觉得用几句话全盘否定有助于矫正红学之穿凿附会，入于魔道。题壁的文字，无论从哪个角度来看，都难免浅俗之讥，曹雪芹本人如此，何能著《红楼》？如果不是曹雪芹的手笔，而是他来往的朋友信笔涂鸦，品类如此，又何能使敦敏、敦诚兄弟倾心相交？

照我的看法，三十八号在当时不但并非曹雪芹的旧居，而且也不是某一个人的家；因为没有哪个家庭能够容许客人随意题壁，歪诗以外，甚至还发发猥琐的牢骚！

那么，三十八号有题壁的文字，又作何解释？我的看法是，其地为健锐营营房中的一间招待所，专供各处公差官兵下榻。其中，"蒙挑外差实可怕"这首歪诗，即是不知哪里出差来的一个"笔帖式""领催"，甚至只是"苏拉"的手笔。

现在要谈第三个问题，也是最重要的一个问题了。三十八号既非曹雪芹的旧居，那么他到底住在何处？我可以肯定地说：他住在香山一带，但决非健锐营营区。至于曹雪芹的旧居作何光景？从敦敏、敦诚及张宜泉的诗句中约略可以想见（按：此三人有关曹雪芹的诗知者已多，故不复标举出处）：

地在西郊，远离大路，

　　碧水青山曲径遐（敏）

　　寂寞西郊人到罕（张）

附近有人迹罕至的废刹及一片树林，

　　寻诗人去留僧舍（敏）

有谁曳杖过烟林（张·按：此诗题作《和曹雪芹西郊信步憩废寺原韵》）

房屋简陋，但风景清幽，开门见山，

衡门僻巷愁今雨（诚）
庐结西郊别样幽（张）
日望西山餐暮霞（诚）
翠叠空山晚照凉（张）

门前有水，可能是个池塘，

谢草池边晓露香（张）
野浦冻雪深（诚）

从这些诗句去看，可以确定曹雪芹是离群索居，绝非住在一个有一两千间屋子的大营区或眷村里面。但是，还有更确实的证据显示出曹雪芹是在一种隐居的状态中。这个证据是三句诗：

满径蓬蒿老不华（诚）
于今环堵蓬蒿屯（诚）

薛萝门巷足烟霞（敏）

上引敦诚的第二句诗说得最清楚，曹雪芹所居是一座独立的屋子，并无邻居，否则不致绕墙皆为蓬蒿。按："屯"字用于蓬蒿之下有两义，说文："屯，象草木之初生"。不过敦诚既有"满径蓬蒿老不华"之句，则此屯字当作聚、盈、厚解。

敦诚两用蓬蒿的字样，绝非偶然。《高士传·张仲蔚》："明天官博物，善属文，好诗赋。常居穷素，所处蓬蒿没人，闭门养性，不治浮名。"

"蓬蒿屯"者即"蓬蒿没人"之谓，又《世说新语》记张仲蔚，列于"栖逸"，故知敦诚两用"蓬蒿"，乃形容曹雪芹为隐者之居。

倘谓此为孤证，则犹有敦敏的诗句。按：薛萝为薜荔与女萝的合称，《楚辞·九歌·山鬼》：

> 若有人兮山之阿，披薜荔兮带女萝。
>
> 注：山鬼奄息无形，故衣之为饰。

"奄息无形"，自为隐者，故隐者之衣为"薛萝衣"。孟浩然少隐鹿门山，年四十赴京师有句：

> 云山从此别，泪湿薛萝衣。

从来形容岩壑之士，皆用薜萝，几无例外，如：

他人骑骦马，而我薜萝心。（李颀）

开合复看祥瑞应，封名直进薜萝人。（王建）

昆玉已成廊庙器，涧松犹是薜萝身。（陈陶，唐鄱
阳人，约与杜牧、许浑同时，隐居不仕）

茅舍已忘钟鼎梦，蒲轮休过薜萝亭。（向子諲，宋
临江人，官至户部侍郎，忤秦桧而致仕）

凡此显达与遗逸、廊庙与江湖的对照，在在说明了薜萝的象
征意义，故知敦敏与其介弟的看法相同，认为曹雪芹是隐士，"薜
萝门巷"是形容隐者之居。

总之，曹雪芹在香山的居处，乃是荒僻简陋、自行营造的独
立建筑，此则确凿无疑者，赵冈兄在其力作《红楼梦研究新编》
第四节说："雪芹在白家疃的住宅，是自己盖的四间房子，简陋
自不待言。"差得真相。在《花香铜臭集·第二九》（一九七八
年六月二十日《中国时报》副刊）中提到，发现"曹雪芹旧居"
的黄震泰医师为其友人黄庚的父亲。他在"找到了曹雪芹的故居"
这个题目之下，加上一个惊叹号与一个问号，存疑的态度是正确的。
又：吴世昌《敦诚挽曹雪芹诗笺释》，考定曹雪芹身后由敦诚为
其营葬，说理颇精，亦可作为曹雪芹非住于健锐营区的一个反证，

远亲不如近邻，况在营区中守望相助，疾病相扶，既不致"一病无医"，亦不必等远居内城的朋友来为他埋葬。

曹雪芹的故居问题，我认为可以不必再多谈了。但有个新的问题，伴随着我的结论以俱来：曹雪芹为什么要隐居？必须做一解答。

三、耻得猪肝食

曹雪芹的性情是很明朗的，热情乐天，好饮健谈，具有多方面的生活兴趣。这样一个人是万难忍受无人可语的寂寞的，而且归隐亦有条件，如陶渊明毕竟还有"将芜"的"田园"可以耕读；曹雪芹则以笔耕——卖书、著书为生，并无稳定的收入，故不具备做隐士的条件。

可是，从表面去看，亦就是从他人的眼中去看，曹雪芹在西山所过的确是离群索居、交游极寡的隐居生活。显然，这种既违本心且有困难的生活，乃是出于一种不得已的原因，我们要把他的这个原因找出来。

首先当然要从制度中去找，《清会典》一百卷叙"内务府"占十分之一的篇幅之多，卷八十九开宗明义就说：

　　总管内务府大臣，掌上三旗包衣之政令与宫禁之治。

内务府属吏、户、礼、兵、刑、工之事，皆掌焉。

这样一个在正常政制以外别成局面、自成体系的大衙门，所能提供的就业机会极多。只要是上三旗的包衣，弄个挂名差使亦很方便，然则曹雪芹何以一寒至此？而况内务府所管理的营房、仓库、田庄不知凡几，曹雪芹如愿隐居，拨几间冷僻空房给他住，更是不成问题的事，又何至于要他自己设法觅栖身之处？

对于这个问题，只可能有一个答案：那就是内务府对曹雪芹采取抵制的态度，根本不愿管他的事了。敦诚诗中有个"猪肝"的典故，原诗为"赠曹雪芹"一律的结句：

阿谁买与猪肝食，日望西山餐暮霞。

周汝昌《红楼梦新证》倒是将这个典故找出来了，但他并没有看懂原文。《后汉书》卷五十三《周黄徐姜申屠列传》：

太原闵仲叔者，世称节士……客居安邑，老病家贫，不能得肉，日买猪肝一片，屠者或不肯与，安邑令闻，敕吏常给焉，仲叔怪而问之，知，乃叹曰："闵仲叔岂以口腹累安邑耶？"遂去。

周汝昌解释敦诚诗中用此典是这样说的：

> 一结用闵仲叔贫居日买猪肝一斤之故事，今则并慷
> 慨好义之"安邑令"亦无有，唯有对岭餐霞，雪芹之贫
> 况可见。

误"一片"为"一斤"，未足为病，但以安邑令"敕吏常给"
猪肝为慷慨好义，则义有未协。县令职司民牧，尊老敬贤，劝善惩淫，
以教百姓，是其本分。邑有贤士，供给其最低生活的必需品是一
种责任。而"敕吏常给"，自然取费于公库，惠而不费，亦非个
人的慷慨；甚至日给猪肝一片这样的小事，在一位"百里侯"来说，
根本谈不到是施惠，敦诚用此典绝非感慨曹雪芹未遇到"慷慨好义"
的安邑令，而是说内务府对曹雪芹连像安邑令对闵仲叔那种惠而
不费的起码照料都没有，那当然是表示内务府跟曹雪芹已无任何
关系，我甚至怀疑曹雪芹已经"开户"——为内务府所逐，出旗
为民，应有的一份钱粮都领不到了。但是，这并非曹雪芹之不幸。
至少，曹雪芹已在无形中摆脱了包衣的身份，可以不再受辱。

四、堂堂孰可驱

这是为了什么呢？自然是得罪了内务府。张宜泉《题芹溪居士》

一诗有极重要的消息透露：

> 爱将笔墨逞风流，庐结西郊别样幽。
>
> 门外山川供绘画，堂前花鸟入吟讴。
>
> 羹调未羡青莲宠，苑召难忘立本羞。
>
> 借问古来谁得似，野心应白被云留。

诗中有三个典故，提到三个古人：李白、阎立本、魏野。兹先谈魏野。

周汝昌《红楼梦新证》释此诗云：

> "立本"，谓唐画家阎立本，刊本作"本立"，误倒。末句，用宋魏野被征不出之事，亦可注意。当时皇室王家，往往招琴师画客以为"清客相公"，殆有人以画艺荐雪芹，而雪芹拒不往焉。此亦其傲骨之一端也。

以阎立本拟曹雪芹为了解曹雪芹一生最后一段生活的绝大关键，无奈周汝昌心有所蔽，见不及此。唯"野心"二字极易忽略，周汝昌能看出野心之野指魏野，殊为难得，《宋史》卷四五七《隐逸上》：

　　魏野字仲先，陕州陕人也，世为农，母尝梦引袂于月中，承兔得之，因有娠，遂生野，及长，嗜吟咏，不求闻达；居州之东郊，手植竹树，清泉环绕，旁对云山，景趣幽绝，凿土袤丈曰乐天洞，前为草堂，弹琴其中，好事者多载酒肴从之游，啸咏终日……祀汾阴岁与李渎并被荐，遣陕令王希招之。野上言曰：“陛下告成天地，延聘岩薮，臣实愚戆，资性慵拙，幸逢圣世，获安故里；早乐吟咏，实匪风骚，岂意天慈曲垂搜引？但以尝婴心疾，尤疏礼节，麋鹿之性，顿缨则狂，岂可瞻对殿墀，仰奉清燕？望回过听，许令愚守，则畎亩之间，永荷帝力！”诏州县长吏，常加存抚。

曹雪芹的性情、生活大致与魏野相似，只是境遇远不及魏野。按：张宜泉以魏野与曹雪芹作比，足见曹雪芹已被朋辈公认为一隐士了。

李、阎两典须并看。《新唐书》列传第一百二十七《李白传》：

　　至长安往见贺知章，知章见其文叹曰：“子谪仙人也！”言于玄宗，召见金銮殿，论当世事，奏颂一篇，帝赐食，亲为调羹。

张诗所谓"未羡",意在写曹雪芹的淡泊自甘,而此句实为陪衬,重点在下一句,以曹雪芹与阎立本相比,《新唐书》列传第二十五《阎立本传》:

> 太宗与侍臣泛舟春苑池,见异鸟容与波上,悦之,诏坐者赋诗,而召立本摹状,合外传呼"画师阎立本",是时已为主爵郎中,俯伏池左,研吮丹粉,望坐者羞怅流汗,归诫其子曰:"吾少读书,文辞不减侪辈;今独以画见,名与厮役等,若曹慎毋习!"然性所好,虽被訾屈,亦不能罢也,既辅政但以应务俗材,无宰相器。时姜恪以战功擢左相,故时人有"左相宣威沙漠;右相驰誉丹青"之嘲。

是则"苑召难忘立本羞",明明道出曹雪芹与阎立本同样有因作画而受辱之事,而且用"难忘"字样,可知受辱之甚。

曹雪芹何以受辱?归根结底一句话:因为他是包衣。包衣尽管可以官居一品,但对旗主而言终究是奴才,上三旗包衣在名分上是皇帝的家仆,但指挥包衣者不尽由皇帝,内务府大臣可指挥司官,司官可指挥笔帖式,笔帖式可指挥领催、苏拉。曹雪芹尽管至亲有平郡王庆恒(福彭嗣子),至友有宗室敦敏、敦诚,但在上三旗包衣中的地位至为低微,内务府司官或本旗直属的佐领皆可视曹雪芹为画工而役使之，受辱之事虽不详，受辱之因则甚分明。曹雪芹不甘受辱，唯有不受"传差"之召，即令内务府有所威胁，亦终不屈。敦诚诗中如"步兵白眼向人斜"，固已生动地刻画出曹雪芹不奉召的睨视之态。而《题芹圃画石》首句"傲骨如君世已奇"，如说是曹雪芹不受人怜，则"残羹冷炙有德色"，固已道出他非狷介一流。是故此一"傲"字与"苑召难忘立本羞"，以及"阿谁买与猪肝食"诗句合看，因果脉络宛然如见。

无疑，曹雪芹死前那几年已到了俗语所说的"断六亲"的困境，以致"一病无医"，而且身后之事亦劳敦诚料理，其时除曹雪芹的族人以外，至亲亦还有平郡王庆恒及其表叔昌龄等在，何以竟如陌路，乃至不通问吊？这除了说明曹雪芹与内务府及本旗皆已断绝关系以外，似乎别无可以解释之处。

余　言

曹雪芹的身世背景不但复杂，而且特殊；不但特殊，而且矛盾。加以幼遭家难，而又非一般世家的式微，只有贫富之不同，生活的基调不致大改；曹家自查抄后，回北归旗，不仅生活环境彻底改变，固有的生活形态亦不能保持。益以曹雪芹热情豪放的禀赋，经过不断的顿挫，形成一种不易为人理解的狂傲性格，越发使得他的一生如谜，不易索解。

但人毕竟是受环境影响的动物，如果能了解他当时的大环境，以及在此大环境下所能容许产生的小环境，就已得的材料在不悖当时环境所许可的原则下，平心静气地分析，建立合理的假设，而又能不存成见，"上穷碧落下黄泉，动手动脚找东西"去印证其假设，则亦不难反映出曹雪芹的内在与表面。这面镜子可能有些模糊，遥望曹雪芹的影子或不免如雾里看花，但轮廓大致是清楚的。最怕这面镜子是哈哈镜，则愈清晰，愈歪曲。

做学问平心静气，不存成见，谈何容易？除了个人的修养以外，最要紧的是要能拥有一个学术自由的环境，容许他静静地躲在一边搞自己的东西，他有研究的自由，也有不研究的自由，有能不禁其阅读某些资料的自由，也有阅读了某些资料而不必表示意见的自由，在我自觉对曹雪芹已有相当了解之后，特别使我感动的是：曹雪芹在当时正是为了争取这一份研究、创作的自由，不惜穷饿困顿以死！从这个观点去看，我们不妨说《红楼梦》是曹雪芹不惜一切争取研究、创作的自由而终于成功的一个鲜明标志！

为了创作的自由

——曹雪芹故居之发现

　　香港《明报月刊》一五〇期有一篇特稿，名为《曹雪芹故居之发现》，具名"黄震泰原稿，黄庚编撰"。黄震泰为一居住北平的医师及放射学教授，常至北平西郊香山做爬山运动，因而得识世居香山的土著舒成浚，"从而得知一未被重视的发现——舒先生目前之住所，极可能就是曹雪芹最后的居所，也就是撰写《红楼梦》的地点"。

　　黄震泰深感兴趣，与舒成浚合作，"做进一步之追寻，并得到相当肯定的结果"。

　　黄庚为黄震泰之子，现居美国，据黄庚说："家父陆陆续续由家信中写给我的他的研究，现在由我整理出来，提供各位红学专家参考。"以下是黄震泰所闻所见。

　　一九七一年四月四日下午三时，在北京香山地区卧佛寺东南一公里左右健锐营正白旗的西南角路北门牌三十八号内，世居二百多年的舒成浚老师的夫人陈燕秀女士修理北房西山墙，发现早年逐层加抹的白灰墙剥落

很多，看到墙上有墨字迹，遂沿着墙面慢慢揭开，发现满墙全是墨笔题的诗词。

一九七一年底"文物管理处"将灰皮揭下拆走保存，也许当时因是"四人帮"主持文化事务，对这一类文化古迹不见得会予以重视，原件不知存放何处，至今六七年来尚无下文。从诗之平仄舛误及某些字之不可解，想来可能是抄录时之笔误，现已无法对证。由于此一字迹之出现加上其他有关线索，我们有理由暂时假定此一地址为曹雪芹在他生命中最后十年撰写《红楼梦》的地方，从而尽可能地寻找具体的证据来证明此一假设。当然限于资料，目前的结论还是初步的。不过笔者仍愿把发现之各种线索及论断供诸对此问题有兴趣之高明之士，以阐明此一假设有被求证之价值而已。现在我把愚见及事实分条列后以便参考。

这所谓"愚见及事实"共分十五点，但直接有关的主要论证只有原列为（二）与（六）的两点：

（二）我们再看"途人骨肉"的扇面诗，就内容看似乎不够含蓄，然而人在穷困无聊难以自遣之际，也可能不择字句，一吐为快。我们可以用此诗和曹雪芹在《红楼梦》中写的标题诗"朝叩富儿门，富儿犹未足，虽无千金酬，嗟彼胜骨肉"，又撰回末结联云"得意浓时易接济，受恩深处胜亲朋"比较，可以看出其对骨肉亲朋间的贫富势利世态炎凉的慨叹是一致的。按照周汝昌在《红楼梦新证》稽年考据一节所说"一七四五年乙丑乾隆十年，曹雪芹二十二岁，流落无依，寄居亲友，《石头记》撰作之业有加无已"（原书七〇六页），而此诗之年月为一七四六年丙寅四月（清和月）下旬，为移居西山之第二年，时间、内容、口气皆相符。当然此一"丙寅"也可能是其他丙寅，不过年代之考据工作应配合其他证据，不能专看干支纪年（如果历史仅凭干支纪年，则一切年代都变成毫无意义了，脂砚斋庚辰本说不定是一九四〇年批的，此一题诗也可能是周宣王共和七年写的了）。又从"抗风轩"之命名，我们可以理解此诗作者所要"抗"的"风"显然是指一种"风头不顺"的逆风。这又与曹家因为参加了胤禩、胤禟等集团与胤祯争立，结果遭受政治风暴的冲击有意义上之关联。无权无势的人要抗拒这种巨大的风暴，恐怕只能出之写作与批评一途了。当《石头记》的稿本被"内廷索阅"时，也许这个"抗风轩"就变成"悼红轩"，听起来委婉得多了。

（六）一九七一年春天当"文物管理处"把山墙上带字迹的灰皮起走重砌新灰时，旧灰皮破碎不少，舒先生检出一部分包成一包交与来人，但来人于出门后又弃之路旁，经舒先生拾回，能辨识之字仅得五十三字。

黄文发表后，《明报月刊》主编胡菊人先生致函高阳先生，希望他对黄震泰所提供的资料及说明做一鉴定及评论。高阳先生因作本文交由《明报月刊》及本刊同时发表。

高阳先生的这篇大作，是他多年潜心研究《红楼梦》的作者及其时代背景所获成果的结晶。在这篇文章中，他不但认定"三十八号"决非曹雪芹的故居，而且进一步证明了曹雪芹的故居并不在营区或社区中，而是一座简陋的独立建筑；最宝贵的收获是，他考证出曹雪芹离群索居的原因是为了争取创作的自由，已摆脱了"包衣"的身份。这是自胡适之先生的《〈红楼梦〉考证》以来红学中最重要的一篇论文。我们预料本文发表后，将引起国内外红学界极大的震撼。高阳先生自谓他的论据一定站得住，愿意接受任何人的挑战。但他同时声明：学术上的质疑辩难，必须彼此对问题的了解是在同一层次上方能进行；如果是不成问题的问题，他保留不作答复的权利。

两像、一箱、一墙

——大陆红学界的内幕

　　十月初，赵冈兄自美国寄给我一封长信，说他看完我的《没有学术哪有自由》以后，"一直在盼望台湾其他同好也能对此事发表些意见，但迄未见有人为文，想来是因为黄庚先生的文章在台湾无法读到，令人无法探论"。接下来谈到"几点小意见"，其实倒是深论。其中有我所应该接受的，也有我所无法苟同的。他在信的结尾处说："朋友间私下交换意见，词句多未加斟酌，请不要交《联副》发表。我与牛津大学的 David Hawkes 也是常常如此，每隔一两星期，彼此写信交换一点意见。"为了尊重他的意愿，我不能在本文中多谈他的看法。赵冈兄在他的本行以外搞"红学"，用志之笃、致力之勤、服善之勇、成就之大一向是我所敬佩的。他在信中说："将来有机会，我很想向那个基金会申请点钱，将全世界的红学家邀集一堂，彼此当面交换心得，研讨问题，聚上十天半月，一定非常有意义。"具此宏愿，令人感动，觉得不能不说几句老实话，以贡其一得之愚。

　　这篇《曹雪芹的两个世界》，是他在"双十节"前夕写成，寄我转给《联副》的。另有一信，谈到"大陆上红学界也是内幕重重", 这句话对我来说是一个很大的启示, 颇有一些感想可谈。我在想, 曹雪芹的第二个世界之发现, 其重要性远过于曹雪芹"故居"之发现, 为红学上的一个重大突破。细读赵冈兄的文章, 我觉得我们对曹雪芹的性情的看法是相同的, 他鄙视势利, 同情弱者, 具有一份高贵的热情。但是, 我对他立论的根据, 亦即是《废艺斋集稿》八册的真实性如何, 实不能不持存疑的态度。如果此稿是清朝的刊印本, 则即有年长于曹雪芹但生当同时, 虽居高官却以丹青受知于乾隆, 仿佛阎立本第二的董邦达为之作序, 明明白白指出"曹子雪芹", 其真实性是不容怀疑的, 势将成为红学中的瑰宝, 为研究曹雪芹及《红楼梦》最重要的资料。但此稿如为抄本, 就大有问题了。

诚如赵冈兄所说"大陆上红学界也是内幕重重", 这些"内幕"不断有人在揭穿, 大致是作为一种"批斗"的手段。有些只是运用"唯物辩证法"为"笔伐", 有些却是振振有词, 足以破惑, 令人确知从周汝昌所强调的曹雪芹画像到黄震泰所说的"曹雪芹故居之发现"都是靠不住的。

耶鲁大学的马丁先生寄给我两篇影印的资料, 其中一篇辨析曹雪芹小照何以为伪以及作伪的由来, 出于专家手笔, 相当精彩, 不能不令人信服。此人在去年十一月曾受邀鉴定"陆厚信所绘曹雪芹小照单页"(请参阅拙作《没有学术哪有自由》第一节)的真伪。结论是: 尹继善的诗和字为真迹当无疑义, 小像是后人伪

作的假古董。小像和题字的情况是这样的：

（一）墨色浅淡上浮，书法、图章均极粗劣。

（二）"风流儒雅"四字，曾经挖改。

（三）背纸贴有虎皮宣纸长签，上题"清代学者曹雪芹先生小照"，下署"藏园珍藏"。藏园为傅增湘别号，字迹与傅增湘的书法不类。

凡此皆为作伪之迹。资料中附印有"藏园珍藏"的长签，我取《亦云回忆》所附影印傅增湘致沈亦云女士原函比对，书法确然不类，一望而知。

尹继善的诗是《题俞楚江照》，已获证实；册页一开又确是一张纸，则画中人怎会不是俞楚江而是曹雪芹？问题在此，有趣亦在此。且看这位专家的解释：

推想当时的情况，这一开册页应是整本册页的一页。这整本册页的所有者应是俞瀚（楚江），前有他自己的小照，而且是一幅整开的，有云树、青山作为背景的小像。图后各开有诸家的题咏。尹继善为了表示谦逊，题诗在一开的后半开，前半开成为空白。又由于尹的官位、名望和行辈都很高，在俞瀚所交往的朋友中，无人肯在尹前题字，所以这半开空白纸就长期留存了下来，为后世所作伪者造成了可乘之机。作伪者把这开册页从整册中取出，利用前半开白纸补画了曹雪芹先生的小像，冒名陆厚信所作，并加了一段识语，遂使观者眼花缭乱，以为尹诗既是真迹，陆画当然也是真迹无疑了。

此一解释完全合理。拙作《没有学术哪有自由》中，对周汝昌"遽据不知谁何而题名'雪芹先生'的画像，指曹雪芹曾为尹继善的幕友"一说，予以断然否定，于此得一有力的佐证。我当初曾说："这是件很可笑的事！"证据显示，果然可笑。

除了画像以外，还有曹雪芹的塑像，那就更可笑了。黄震泰、黄庚父子编撰的《曹雪芹故居之发现》一文中，曾介绍一个名叫孔祥则的"六十岁的艺术家"，赵冈兄给我的信中，提到一个孔祥泽，当为同一人。据黄文，孔祥则毕业于华北艺专，为日本"名雕塑家高见"的学生，亦曾从一个风筝名家金中孚学习制风筝的技术。金中孚已九十高龄，据说是敦诚、敦敏的堂弟敦慧之后，清末是"内廷供奉，专门制作风筝"，所据的蓝本即是《南鹞北鸢考工志》，又藏有"曹公晚年另一手稿《废（艺）斋集稿》，内容分八种"。这些秘籍，"由于近年来某种情况"，"未能公开出现"。

这些介绍迷离惝恍，充演了神秘感，且还有玄而又玄、神乎其神的说法。据黄震泰说，他有一张曹雪芹塑像的照片，"此塑像为印度德里大学杨鼎勋教授所有，现寄存于纽约二小儿家"（高阳按：当为黄庚）。当他向孔祥则出示此照片时，黄震泰记其言如此：

> 他（孔祥则）说曹公生前，为曹公塑雕的弟子共两人，
> 是亲兄弟。十数年间，曾多次为曹公塑像可考的有七个，
> 每次都经曹公本人指正改塑，如图所示的像，他见过三个，
> 是辛巳年作品的仿制品，也就是七个中最后的一个（此
> 像右手应持书卷，不过杨先生所有者已残）。

此种说法，令人觉得孔祥则即令未见过曹雪芹，亦必与曹雪
芹的时代相去不远。关于此塑像，另外还有"舒老师"做了"补充"
说明：

> 他（舒老师）认为此像和他多年前见到关德荣的泥
> 塑曹像，是同一风格流派。关德荣叫"泥人德"，人称"德
> 荣爷"，他是满族有名的泥塑家。自采山石作矿物色彩。
> 其所作塑像，肤色鲜明稍差，但永不褪色。他生年较曹晚，
> 造像依据鄂比为曹公所画的画像。一般人认为鄂比之画
> 名，要较曹公之画名为高。

所谓"舒老师"即是"曹雪芹故居"的现住人。黄震泰介绍
说他名叫舒成浚，本为一中学的化学教员，世居香山，本姓舒穆

禄氏，他的六代祖姑母即是敦诚、敦敏的母亲。

金中孚是敦诚、敦敏的堂弟敦慧之后，舒成浚又是敦诚、敦敏的舅家之后，或以为何以如此巧合？不道巧中还有巧。更有个张宜泉的后人，名叫张行，是个木匠，他家存有一只刻有兰花、题词的木箱。就是由这只木箱上"考证"出曹雪芹的继室，"原是秦淮河畔的风尘中人物"，"外婆家姓顾"，"本姓尚待考查"。孔祥则说她"有文学基础，能诗有诗稿，与曹结合在乾隆二十四年或二十五年，那时正是曹公应尹继善之约，到南京两江总督衙门作幕的时候"。

木箱这重公案且搁在一边，先说"曹公塑像"，真是无巧不成书。当我在写《没有学术哪有自由》时，渊雅伉爽的秦羽小姐来台省亲，谈起"曹公塑像"，她笑不可抑，让我得了一条"独家新闻"，要特为赵冈兄报道：这座"曹公塑像"是秦羽令堂替杨鼎勋教授在香港所买的。

秦羽告诉我，杨鼎勋是她家的世交，蒙古人，单身客居印度，以拉胡琴、玩古董为客中排遣寂寞之计。二十世纪四十年代，香港到了一批内地来的手工艺品，其中有一组泥人，一共三个还是四个，她记得不清楚，有屈原、武松、曹雪芹。秦羽的老太太便替杨鼎勋买了一个，寄到印度。秦羽笑着说："我母亲还替'曹雪芹'美了容，脸上的颜色太淡，我母亲给抹了点儿胭脂。"

孔祥则所说的"曹公塑像可考的有七个，每次都经曹公本人指正改塑"，以及舒成浚所说的"造像依据鄂比为曹公所画的画像"，真相原来如此！

曹雪芹的画像是假的，曹雪芹的塑像也是假的！那只木箱的原主，说是曹雪芹娶自秦淮旧院的继室，他们的"结合在乾隆二十四年或二十五年，那时正是曹公应尹继善之约，到南京两江总督衙门作幕的时候"，如今已可考定曹雪芹根本无两江作幕之事，又何能在秦淮河畔娶一"有文学基础"的"风尘中人"为继室？然则所谓"不怨糟糠怨杜康"的"悼亡诗"，纵非伪造，亦必与曹雪芹无关。连带木箱亦就扯不上关系了！

至于舒成浚说他现住的是曹雪芹的"故居"，已有人隐隐然指之为一骗局，而黄震泰是"合作者"。说舒成浚在"发现"后不久，便将他家的"北房西屋布置成展览室，一时之间，参观者络绎不绝的……参观的过程，也就是舒先生滔滔不绝'宣讲'的过程。宣讲的内容，不只是这些墨迹，甚至连北房中的一个雕花的木'隔断'以及上面的花纹，也都要跟《红楼梦》和曹雪芹拴在一起。参观者是无法置喙其间，更没有机会提出异议的"。又说：舒成浚向参观者自我介绍为"舒舍予"（老舍）是"二十七中"的"语文"教员，黄文中却介绍他为"第一中学"的"化学"教员。舒的自我介绍，冒充舒舍予，黄震泰应无不知之理。其人如此，其言自不可信，而黄震泰"备言其事"，此所以为人隐指为骗局的"合作者"。

两像、一箱、一墙，或为作伪，成为有意指鹿为马，因此出于同一集团的《废艺斋集稿》，在未经过彻底的鉴定、有充分的证明以前，不但不能遽信其为曹雪芹的原作，甚至可以作一又是在作伪的假设。

我研究了我所能得到的资料，已大致了解了赵冈兄所说的"大陆上红学界的内幕"。周汝昌以一部材料充分、识力不足的《红楼梦新证》起家，俨然为大陆上红学界后起的"宗师"，与吴恩裕等人都算这门工作中的"领导班子"。周汝昌、吴恩裕研究红学，态度认真，比较正派，在搜集材料的工作上很花了些工夫，对海内外整个红学界是有贡献的。

不正派的就是舒成浚、孔祥则的这个集团。他们不是研究红学，以其学养而言，亦不够资格研究红学，只是伪造文物以牟利而已。他们的手法，是根据周汝昌、吴恩裕的说法，附会渲染，编造出若干片段的戏剧性传说。这些片段的设说，颇具匠心，相互呼应，脉络微通，使得肯用脑筋的人，更易于受愚。譬如孔祥则说"曹公生前，为曹公塑雕的弟子共两人"云云，骤看不解：曹雪芹怎会有学塑雕的弟子？但多想一想，想到《废艺斋集稿》卷四的内容，就会说一声"无怪其然"！孔祥则这样说法，不但"证明"了曹雪芹生前有塑像，而且亦间接加强了《废艺斋集稿》的"真实性"。

最要紧的是，这些片段的传说中，一定有一样"道具"，就

是他们要待价而沽的假古董。而在造假古董之前，又先要造假身份。此所以与曹雪芹关系密切的敦诚、敦敏、张宜泉，便有后人或表亲出现了。

接下来，由于一幅假画，周汝昌断定曹雪芹曾在两江作幕，乃有曹娶秦淮风尘中人为继室之一说。余谈心笔下的秦淮名妓，多娴翰墨，因而乃有曹雪芹继室赋题了悼亡诗的木箱出现。

吴恩裕曾访问过住在香山的一个蒙古人张永海，听到许多关于曹雪芹的传说，其中谈到曹雪芹有个好朋友鄂比，于是便有"依据鄂比为曹公所画的画像"而塑成的曹雪芹坐像出现。

在比较正派的红学家看，此辈简直是在"搅局"。本来根据各种迹象做出一个假设，还有成立的可能，经此辈加油添醋，说得神乎其技，令识者齿冷，以至于连原有可能为人接受的假设，亦为人不屑一顾。严肃的学术研究变成可笑的骗局，自然令人痛恨。

总之，对于曹雪芹是否曾辑有《废艺斋集稿》这部书，我认为不可信的成分大于可信的成分。因为果如所云，则曹雪芹救了许多穷人，何以身后如此凄凉？莫非这些穷人尽皆忘恩负义之辈？他的"弟子"又哪里去了？至于境况已颇不差的"老于"，独独于"除夕冒雪而来，鸭酒鲜蔬，满载驴背"，而平时无视于雪芹的"举家食粥酒常赊"，亦非情理所应有。

考证工作贵乎切实，一点一滴地累积，一寸一寸地钻研，并无捷径。资料的鉴别对于立论的正确与否关系至大，差以毫厘，失之千里，枉抛心力，回头已晚。对于大陆发现的文物资料，我一向持着戒心，因为我提到过好些作伪的证据。"尽信书不如无书"，无书不过学问上停滞，尽信书则有误入歧途的危险。赵冈兄所提出的《曹雪芹的两个世界》，我乐于接受其假设，但迫切地希望赵冈兄能发掘其更多更有力的证据。

最后有几句话不能不说：我相信黄震泰、黄庚父子决非舒、孔集团的"合作者"，因为我信任赵冈兄，他的朋友不会是骗子。不过，看样子黄家父子是受愚了！这是我不能不提醒赵冈兄以及其他对红学有兴趣的人的。

曹雪芹的两个世界

——贫居西郊的最后十年

　　最近大量出现的新材料，使得我们对曹雪芹的生平与为人都有了进一步的了解。在过去，曹雪芹在人们的心目中只是一个伟大的文学家，写过中国文学史上最动人的一本小说。现在看来，情形并不这样简单。我们对于曹雪芹的童年生活或者说是生活环境，略有一些眉目。

　　对于他十三岁到成年这一阶段，整个是一片空白。近年出现的材料全集中于他一生最后的十几年。大体说来，他最后十几年可以划分为两个时期。在这两个时期中，他的思想有了巨大的转变，他的活动范围也是在两个极相悬殊的社会阶层，他的写作对象与内容也是迥异的。

　　在第一个时期，不论他的动机如何，总算是一个文学家或小说作家。但是在第二个时期，他彻底转变，成为一个完全入世的社会工作者或是民众教育家。从思想上来看，他的第一个时期还有相当浓厚的老庄及佛家的色彩；但是在第二个时期却变得十分接近墨家的路线，要摩顶放踵以利天下。

　　曹雪芹这种尖锐的转变与奇异的结合，追根究底，可以说是

与他童年生活环境有密切关系的。他的童年有与众不同的物质条件，而他本人又具有极高的才华以及过人的领悟力。这种种条件的配合，使他在很短一段时期内成就了一肚子的"杂学"。这些范围广博的杂学，在雪芹成年以后，就因所受的刺激不同而发挥了不同的奇异作用。

曹雪芹的上世，三代四人连续担任江宁织造达六十余年之久。因为他们是康熙皇帝的亲臣，除了织造的正式工作以外，还是皇帝派在江南地区的耳目。曹家已属上层的官宦之家。康熙几次南巡，更使曹家锦上添花，对曹家形成深远的影响。江南三处织造是内务府的直辖机构，当皇帝南巡时奉旨负责江南地区接驾工作。接驾工作本属临时性的任务，但是每次筹办与善后却不是三五月所可竣事。康熙几次南巡，而每次间隔时间很短，对于三处织造而言，接驾已经变成了经常性的任务。这点对于曹家的生活发生重大影响，曹家所住的织造署随时要充当行宫，署中的布置陈设要经常维持近似皇宫的水平，曹寅本人已十分注意饮食烹调，为了承应接驾，乃精益求精。为了接驾，织造还要安排娱乐节目，于是不得不经常训练戏子，时加演练，也要网罗蓄备奇技淫巧之士随时听用。

曹雪芹未曾赶上曹家的全盛期，未曾亲历任何一次接驾大典，但是当年接驾工作遗留的后果却不可避免地影响到他这一代的生活条件。居所规模与陈设之豪华、饮馔之精致必定都在一般官宦之家以上。到雪芹这一代，曹家一定还与若干身怀特别技艺之士保持联系，以备不时之需。这种种特殊条件，对于才智平庸的纨绔子弟未必会发生什么作用；但是对于天分极高而又具多方面兴趣的雪芹，情形就大不相同。他利用了这些特殊条件，学得了很多技艺，然后再进一步发挥与创新。

我们今天尚未获得任何具体文字资料说明雪芹童年学过什么、如何学的，但是雪芹腹中的若干杂学，不可否认是发源于这段时期。资料显示雪芹会烧一手精彩的南方名菜。藉家以后来到北京郊外的贫民区，过着穷困的日子，想来难有机会去学江南地区上流社会的烹饪，这套手艺一定是他童年在江宁家中学来的。另外一个例证是，雪芹晚年曾教授别人编织技术，把高级织锦的经纬结构及纹样应用到普通手工编织上。我们知道，结花本是属于纺织工艺中的高级技术，一向是掌握在专门技师手中的专利品，是轻易不外传的。想来这也是雪芹当年从江宁织造工厂中学来的。织造公子要学结花的要诀，哪个老师父敢藏私不教？

雪芹腹中的杂学的另一明显来源是曹家的藏书。曹寅的藏书在当时已是有名。从其书目可以看出，曹家藏书中"杂部类"为数极夥，而尤多世所罕见的珍奇抄本，包括医卜、星象、历算、金石谱、花谱、文房四宝、膳食饮茶，无所不收。雪芹有机会广泛阅读这批书籍，而且有能力很快吸收书中精华。

不过，我们可以断言，雪芹当年追求这些杂学纯属个人兴趣，

而不是抱持任何具体目的的。他未必就认识到某些技艺的实用性，等到将来万一家道败落可以派上用场。

雪芹一生的最后十九年，贫居北京西郊，可分为两个不同的阶段。其划分点，大体说来可以定为乾隆二十三年（一七五八）。第一个时期约十年，正是《石头记》的创作期，按我的推算应是从乾隆十三年（一七四八）到乾隆二十三年迁居白家疃止。《石头记》的创作"十年辛苦不寻常"，正是这十年。雪芹是五次改写，最后一次改写在乾隆二十三年完成，便迁居白家疃。第五次改写的书稿也于次年（一七五九）抄清，附有脂砚斋的四次评阅，是为己卯四阅定本。

该年冬脂砚斋又进行了第五次评阅，即己卯本上署有"己卯冬"的朱笔眉批。雪芹由极度繁华一降而为蓬牖茅椽绳床瓦灶式的生活，不免产生沧海桑田人事变幻的感叹。《石头记》完全反映了他此时的思想。此书糅合回忆录式的家传及自己心目中幻想的完美乐园，在思想上是相当消极，随处透露佛老的色彩与"色即是空"的观念。雪芹撰写《石头记》，大概是图自我发泄，并无传世赚钱的计划。这个时期，在交友方面，雪芹也未脱本色，是以高级知识分子为主，加上几个官场人物，大家的来往活动不外是赋诗饮酒，相互唱和。

从一七五八年迁居白家疃起，雪芹的生活及思想都进入了一个崭新的阶段，己卯本《石头记》以后，我们没有见到任何增删修改，甚至连几段待补的简单残缺之处均未见补写，可证他已决心结束《石头记》的写作工作。在这一个时期中，他的思想与生活均充分反映于《废艺斋集稿》一书。此书共八册，分别讲授八种实用的工艺。根据吴恩裕及黄庚的前后几篇文章报道，《废艺斋集稿》八册的内容如下：

卷一，蔽芾馆鉴印章金石集，讲论怎样选石、制钮、制印，刻边款的章法、刀法等等，还有彩绘图式。

卷二，南鹞北鸢考工志，是讲风筝的扎、糊、绘、放，附有风筝彩图及扎绘歌诀。

卷三，名不详，讲编织，是为盲人设计的操作方式，以口诀传授为主。

卷四，书名不详，是讲脱胎雕塑，不是依旧法用泥制胎模，而是用榆皮、纸浆、桃胶混合制成。

卷五，名未详，讲织补的。

卷六，名未详，讲印染技术。

卷七，岫里湖中琐艺，讲园林布置。

卷八，斯园膏脂摘录，讲烹饪之术。

根据现有的资料判断，这八册书全是实用的工艺技术，而且雪芹撰写这些书也不是采取传统的器物谱录的方式。这些书都是雪芹亲手编制的教材与讲义，以供教导学艺之人。雪芹传授技艺对象是穷苦无业、无法谋生之人，以及盲人及其他有残疾者，无法以通常的方式来学艺者。雪芹特别设计了一套教授法，可以使盲者领悟学习。教材主要是用歌诀方式编写，以便学习之人记诵。此外，还有一本《此中人语》的书，据看过的人叙述，这是一本雪芹的补充教材，对于某些歌诀的注释与讲解。雪芹也很有耐心地批审学生作业，每次还详细地说明作业的缺点及改进之方法。

据判断，这八册工艺教材是按年编的。第一卷金石集成书较早，可能原是自己为绘画刻印所留的笔记与心得摘录，后来才编为教材。第二卷"风筝谱"，有雪芹自序，作于丁丑，乾隆二十二年（一七五七）。以下六册大约更晚，全是白家疃时期的产品。据说很多还是由其续弦妻杜芷芳亲为抄誊，并有她的署名。

雪芹是如何由半消极、半出世的思想状态，一变而为积极的、脚踏实地的社会工作者及民众教育家？这可以由其书名及自序中看出其思想蜕变过程之大半。雪芹当年靠了特殊的环境、自己博杂的兴趣以及过人的领悟力，学来一肚子的杂艺，但是从来未曾想到有一天会拿这些杂艺派上大用场。相反，他曾经一度相当懊悔，自觉当年不该花费如许时光沉浸于杂学之间。他特别提到"玩物丧志"的道理，而且自讽性地称这些技艺为"废艺"。"废艺"与"废物"意义相类，既不能吃又不能用。他整个看法的转变是源于于叔度的事件。这是一个大转折点，使雪芹突然发现这杂艺并非无用之废艺，而是大可以济世活人的。从此，雪芹有了新的看法，他的人生也走上了一个新的途程、一个新的方向。

于景廉，字叔度，江宁人，从征伤足，旅居京师，家口繁多，生计艰难，后来意外得雪芹之助，成了北京的风筝专家。据雪芹自序中说，前后情形如下（按吴恩裕校补文）：

故人于景廉迂道来访。立谈之间，泫然涕下。自云家中不举爨者三日矣。值此严冬，告贷无门。小儿女辈，牵衣绕膝，啼饥号寒，真令人求死不得者矣。闻之怆恻于怀，相对哽咽者久之。

适值斯时，余之困惫久矣，虽倾囊以助，何异杯水车薪，无补于事。势不得不转谋他处，济其眉急。因挽其留居稍待，以望谋一脱其困境之术。夜间偶话京城近况。于称某邸公子购风筝，一掷数十金，不靳其值。似此可活我家数月矣。言下慨然。适予身边竹纸皆备，戏为老于扎风筝数只，遣其一并携去。

是岁除夕老于冒雪而来，鸭酒鲜蔬，满载驴背，喜极而告曰：不想三五风筝，竟获重酬，所得当共享之，可以过一肥年矣。

方其初来告急之际，正愁无力以助。其间奔走营谋，亦殊失望；愧谋求无功，不想风筝竟能解其急耶！因思古之世，矜寡孤独废疾者有养也，今则如老于其一，一旦伤足，不能自活，其不转乎沟壑也几稀。

　　风筝之为业，真足以养家乎？数年来老于业此已有微名矣。岁时所得，亦足赡家自给，因之老于时时促余为之谱定新样。此实触我怆感。于是援笔述此南鹞北鸢考工志……将以为今之有废疾而无告者，谋其有以自养之道也。

　　雪芹在自序中再三提及老于之事使他"深有所触"方"以述斯篇"。所触者就是他的转折点。正在自叹无才补天的顽石，忽然发现他胸中杂学居然也能济世活人。由研制风筝而联想到其他各种实用的手工艺技术，于是雪芹开始一连串的编写工作，作为授艺的教材。从此，这些无意中学来的各项"废艺"发挥了莫大的功能。

　　雪芹在其"风筝谱"中曾提到墨子做木鸢之事，并论述道：

　　揆其初衷，始欲利人，非以助暴；夫子非攻，故其法卒无所传。

　　他称墨翟为夫子，而且推崇其观点，看来此时雪芹确有接近墨家思想的倾向，摩顶放踵，济世利人。他以各种技艺授人，使其有自养之道，但是从来没有谋利之念。他不是免费授艺，就是公开示范，自己最后反是贫病而卒。对于雪芹这一时期的工作评价，董邦达在序言所说的几句话确属定评：

> 尝闻教民养生之道，不论大术小犬，均传盛德，因其旨在济世也。扶伤救死之行，不论有心无心，悉具阴功，以其志在活人也。曹子雪芹悯废疾无告之穷民，不忍坐视转乎沟壑之中，谋之以技艺自养之道，厥功之伟，曷可计量也哉。……愚以为济人以财，只能解其燃眉之急，济人以艺，斯足养其数口之家矣。是以知此书之必传也。与其谓之立言，何如谓之立德。

所以雪芹撰写《石头记》的时期，是立言；后来进入《废艺斋集稿》编述期，则是立德。

由于雪芹前后两时期的工作性质迥异，而活动的范围也是两个绝相悬殊的社会阶层，他给予后人是两种不同的 image，而有关雪芹的传记资料，也是散存于两个不同的世界里。对于学术界来说，雪芹是天才的大文豪，写过中国文学史上最佳的一部长篇小说。要找有关雪芹的资料也是集中于康、雍、乾三朝诗文集、宫廷档案以及雪芹诗友遗留的作品。在另一个世界中，雪芹是手工艺者的导师，是一代名厨，是风筝制作业的祖师，是编织业的倡导人，是泥塑业的宗匠与改革者。这些人把雪芹的遗著抄来，视为宝典秘籍，一代一代珍重传流下来，据以谋生。此外还有大量的口碑

以及零星的文字性的传记资料。不幸的是，这两个世界在过去是绝缘的，音讯阻隔，毫无交通——红学家研究曹雪芹与《石头记》，手工艺者供奉他们的导师。

直到近两三年，这两个世界才发生了接触，彼此交换资料，不过情形还是不够理想。大家应该再深入曹雪芹的第二个世界中去，发掘新的材料，使我们对中国历史上最伟大的心灵之一得到更全面的了解。

假古董——「靖藏本」

《红楼梦》的版本问题，复杂异常；本宜执简驭繁，只要将甲戌本、庚辰本、有正本、程甲高本及有高鹗笔迹的《红楼梦》稿的渊源有个大致的了解，在研究工作上已经够了。但偏有人反其道而行之，由执简驭繁变成治丝愈棼，如所谓"靖本"者是。

"靖本"者靖应鹍家藏本的简称。这个本子据说是一名叫毛国瑶的人发现的，原本业已遗失，成了个不可解的谜，但"幸而"毛国瑶抄下了一百五十条批语。去年看到香港某杂志上发表的一篇文章，题目叫作《靖本琐忆及其他》，作者具名靖宽荣、王惠萍，即为靖应鹍的儿子与媳妇。据作者自叙其家世说：

> 笔者幼年曾听祖父（名松元，字长钧）说过，我家原籍辽阳，本不姓"靖"，因祖上有军功遂赐姓"靖"。后来，始祖由北方迁到江南，在江都落户，居处后称"靖家营"。约当乾嘉之间，我家这一支又由江都迁往扬州城北之"黄金坝"。清末，家已败落，约在一九一〇年祖父只身来南京谋生。先在轮船上当学徒，后因修筑津

浦铁路，转到铁路上工作。他当时的工牌是"七号"，意即第七个中国工人。

我有一位伯父、四位姑母。除大姑、二姑外，伯父和两位姑母都有一定的文化。四姑母靖英，毕业于镇江临江师范，伯父靖应鹏（又名靖鹏）毕业于南京某中学。抗日战争胜利前伯父与四姑母一直在浦镇的小学任教，伯父曾一度任校长。父亲靖应鸥，初中毕业，新中国成立前，在浦口火车站工作。

我祖父从扬州迁来南京时，浦口还是江滩。他首先是在浦口大马路后面的巷子盖房居住，这条巷子就叫"明远里"，大概是由靖氏堂名叫"明远堂"而来。

又据周汝昌在《〈红楼梦〉及曹雪芹有关文物叙录一束》一文中谈"版本"所说：

夕葵书屋是吴鼐的书斋名。鼐字山尊，全椒人，也是乾嘉时期的一位诗文书画俱能的著名文士。他晚居扬州，据说靖本原藏者的先人八旗某氏，因罪由京迁扬，和吴鼐有所交游，所以靖本中才会有了这一页残纸。吴鼐富收藏，精校勘，又是八旗诗汇《熙朝雅颂集》的主要编纂者，其中竟然选录了有关曹雪芹的诗篇，我看很

可能与他的编辑有关。他所收藏的《石头记》，亦必非一般常本。这个本子也不知存亡若何。深盼此本和靖本都还有再现之日。

关于"夕葵书屋"云云，留到后面再谈。这里先说靖某的家世，即颇有令人难以置信之处。扬州是否有个靖家营，不得而知；但地名为营者，大致原为屯兵之地，如北平的前门外的四川营，即为明朝崇祯年间，四川石砫土司秦良玉领兵勤王的驻军之处；而营上冠以姓者，又必有来历，如《嘉庆一统志》卷九四《淮安府下》：

伍家营在桃源县西四十里，相传伍员故里。

据靖宽荣自言，先世辽阳，有军功而赐姓"靖"。在江都（扬州）落户时，居处称"靖家营"，则必为旗下领兵的大将屯驻扬州，乃能有"靖家营"的地名，而且此"旗下领兵的大将"极可能有爵位。但不独《清史列传》中无姓靖者，翻遍清史稿《诸臣封爵世表》，清初所封五等爵亦无姓靖的人。

又按《一统志》所载江苏武职官：

江宁将军：驻江宁府。

副都统：旧置左右翼二员，乾隆三十四年裁一员。

镇守京口副都统：驻镇江府京口，旧置将军，左右
副都统；乾隆二十八年裁将军，并裁副都统一员。

如上记载江苏的旗下高级武官，只江宁将军及驻京口（镇江）
副都统各一员。至于扬州营有参将，有右营游击，又有河营参将，
但都属于绿营。换句话说，扬州根本就没有旗下的武官。

至于周汝昌所说"据说靖本原藏者的先人八旗某氏，因罪由
京迁扬"，是对八旗制度毫无了解的话。旗人在京犯罪，如获不
准在京居住的处分，名之为"发遣"，必为关外及西北边荒之地；
甚至虽在边荒之地而为原籍者，亦必改成他处。这只要翻一翻《钦
定中枢政考》便可知道。如说旗人在京犯罪而"烟花三月下扬州"
去享清福，此真是奇谈之尤了。

现在谈所谓"靖本"发现的经过，据靖宽荣自道：

一九四七年伯父病故。他们当时兄弟并未分家，所
有书籍和杂物都归我父亲。

一九五五年我父亲搬到浦镇东门。当时房屋逼仄，
书籍杂物都堆放阁楼上。一九五九年毛国瑶同志就在阁
楼上看到这部《红楼梦》抄本的。当时存放在阁楼上的
书和杂物，有一部分在"文革"前已被我母亲陆续卖给
收破烂的了。抄本《红楼梦》是否被她卖掉，后来问她时，

她已记不起来了。

原书虽已不知下落，但批语犹存，靖宽荣说：

一九五九年毛国瑶同志借阅《红楼梦》抄本时，
曾摘录了一五〇条批语。一九六四年他将这些批语寄给
北京俞平伯老先生，俞老说"这些批语很有价值"，毛
国瑶再来我家问这部《红楼梦》抄本时，已经找不到
了。由此可知，抄本失落的时间，大概在一九五九——
一九六四年之间。此后，他又将所抄批语分别寄给吴世
昌、吴恩裕、周汝昌三位，并通信讨论其中的某些问题。
由于原书不存，国瑶同志未将批语发表。当俞先生来信
问及这部抄本时，我父亲曾在所有藏书中仔细查找。抄
本没有找到，却在另一部旧书中发现一张纸条，记录了
一条批语。俞老函告说这条批语很重要，国瑶同志就劝
我父亲把这一纸条寄给俞先生，请他转送给文学研究所
保存。我父亲立即寄了去，俞先生在戎叶旁写了批语，
并将它拍成照片，分送给我们一张。至今这张照片和俞
先生的来信我们都保存未失。这时，吴世昌、吴恩裕、
周汝昌三位先生都不断来信，尤其周汝昌先生来信最多，
索取有关资料。可惜我们连片纸只字也拿不出来，实在

感到抱歉！一九六四年下半年国瑶同志查出了这张纸条上面记的"夕葵书屋"是清朝吴鼐的室名。

吴鼐一名，颇为陌生。但提到吴山尊，对国学稍曾涉猎者，大致都知道他是扬州盐商由盛转衰时期的大名士，四六名家，捷才无两。而这张拍了照的"纸条"正是这件伪造古董案的关键，愿读者识之。

何以我说这是件"伪造古董案"？因为有种种证据引导我们作此判断。现在先录一段靖宽荣所发的牢骚：

当时俞平伯先生已受到批判。对于发表《红楼梦》方面的资料我们很有戒心，所以毛国瑶同志曾告诉周汝昌先生等不要对外发表。一九六五年周先生来信索取"夕葵书屋"批语的照片。国瑶同志给他和两位吴先生每人寄去一张。不久周汝昌又来信说他的令兄祜昌先生也想要一份，不料这张照片寄去后却被他寄到香港《大公报·艺林》，并且发表了谈这个抄本的文章，万想不到"文化大革命"期间，这竟成了我们的"罪状"。毛国瑶同志被指"里通外国"，我父亲因此被连续批斗，而且抄了家，所有书籍全部被抄光。

"文革"之后，靖宽荣旧事重提，说：

> 一九七五年江苏省文化局通过南京图书馆向毛国瑶
> 同志索取摘录批语的底本。
>
> 毛国瑶同志将他的底本连同我的过录本一并交出。
> 隔了两年之后，毛国瑶同志要求发还，才由南京图书馆
> 寄回。

行文至此，我觉得需要将过去的情况做一个清理，以醒读者
眉目：

一、一九五九年，毛国瑶看到这部靖本，"摘录了一五〇条
批语"。

二、在一九六四年以前，原书已经不在靖家，如何失落，原
因不能确定。

三、在一九五九至一九六四年间，靖应鹍发现了一张上记有"夕
葵书屋"字样的纸条。

四、一九七五年毛国瑶有一部"摘录批语的底本"，而靖宽
荣有此"底本"的"过录本"，曾由"江苏文化局"索去，两年
之后发还。

如上所叙"靖本"不但无原书，且亦无抄本，所有者只是两个"摘
录批语"的抄本。但周汝昌的记载却令人迷惑，他说：

靖本有两个特色：一、它保存了很多不见于其他诸本的朱墨批，见于他本的，也多有文字异同；二、小说正文也有独特的异文。附带可以提及的，靖本里面还偶然保存了另一"夕葵书屋本"的过录残页一纸，也有一定参考价值。

靖本原书，笔者未及目验，即因不慎而遭迷失，幸而由毛国瑶先生将不见于戚本的批语都忠实地摘录下来了。本节叙录，一则在介绍梗概，二则也为向有关方面请求留意调查它的下落，希望还能找到，使它发挥应有的作用——或者引起此本的目前保存者的重视，做出报导。

靖本一如其他抄本只存八十回为止的"前半部"，中缺第二十八、二十九两回（第三十回残失三叶），实存七十八回。分钉为十厚册，而又系由十九小分册合装而成"一"。每分册皆有"明远堂"及"拙生藏书"篆文图记。书已十分散旧，书叶中缝折处多已断裂，字迹亦多有虫损及磨失之处。

从书中情况看，第十七、十八回在庚辰本原为相连的一个"长回"的，此本已经分断，但分法与戚本不同，这一点和另外一二处痕迹，说明此本年代可能比庚辰本略晚，而早于戚本。

又其间有三十五回(十一,十九—二十一,二十五—二十七,三十一—三十六,三十八—四十,四十四—四十六,五十一—五十二,五十五—六十二,六十八—七十七)全无批语。缘故未易遽断,或者可能是有所集抄拼配的一个本子。就它十七、十八两回部分而言,说"比庚辰本略晚",盖是,但又有比庚辰本为早的个别迹象(详下)。这些矛盾现象,说明配抄的可能要大些。

所存四十三回的批语,有眉批、行间批、句下夹注批、回前回后批等不同,朱墨杂出,有一条竟是用墨笔将朱笔(文义未完)涂去。文字错乱讹误较甚。有些竟难寻读。情况是出于过录无疑。

摘录者当时只以戚本对照,录出了为戚本所无的批语共计一百五十条。这些,当然有一部分是虽为戚本所无而另见于他本的,但是文字时有异同,又常有比别本多出的字句,所以其价值并不因别本有之而减低。摘录者十分忠实仔细,错乱讹缺,一一照旧,连细微的虫蛀磨损等处也都标记说明。因原本迷失,这些摘录便成为很宝贵的资料。

周文中明显的疑问是:

第一,周汝昌既谓靖本原书"未及目验",又未说明是看到

原书抄本（事实上并无抄本），则从何而知"小说正文也有独特的异文"，又有所谓"从书中情况看"的话？

第二，所谓"摘录者"指毛国瑶，而他"十分忠实仔细，错乱讹缺，一一照旧，连细微的虫蛀磨损等处也都标记说明"。试问毛国瑶何不惮烦如此？研究《红楼梦》不是考证碑版金石，这样连"虫蛀磨损"都记得明明白白，有何功用？退一步言，既有此不惮烦的工夫，又何不照抄全文？

靖文中对周汝昌颇致不满，则以时异势迁，周汝昌的想法已有改变之故。这一层我留到后面再说，先谈作伪的证据及目的。

第一，周汝昌说：为戚本所无的批语一百五十条，文字时有异同，又常有比别本多出的字！"所以其价值并不因别本有之而减低"，这是扯淡的话。甲戌本之价值特高，即因有批语中揭破"秦可卿，淫丧天香楼"的真相，而靖本中并无此种珍贵的"情报"，所有异文，无非特布疑阵、故作玄虚而已。而文字又故意错乱至不可卒读，许多不可卒读的批语，经过周汝昌的解读，居然都能成文了，如：

　　第四十一回一条批尤有新内容。在叙及妙玉不收成窑杯时有眉批云：

　　"妙玉偏辟〔僻〕处，此所谓'过洁世同嫌'也。他日瓜州渡口劝惩不哀哉屈从红颜固能不枯骨□□□"

（所缺三字，前二字磨损不清，似"各示"二字，末一
字蛀去）。

这一条批语，后半错乱太甚，校读已十分困难。今
姑暂拟如下：

"他日瓜洲渡口，各示劝惩，红颜固不能不屈从枯骨，
岂不哀哉！"

或者可以校读为：

"他日瓜洲渡口，红颜固□屈从枯骨，不能各示劝惩，
岂不哀哉！"

批语透露原书情节的，还可举一条为例。第六十七
回回前批云：

"回撒手乃已悟是虽眷念却破此送关是必何削发埂
峰时缘了证情仍出士不隐梦而前引即秋三中姐。"

文字错乱已甚，初步校读为：

"末回'撒手'，乃是已悟；此虽眷念，却破迷关。
是何必削发？青埂峰证了前缘，仍不出士隐梦中，而前
引即'湘莲'三姐。"

凡是做过校勘工作的人都知道，错必有因，皆由于书手的程
度不够或疏忽所致，断无如靖本这种不可理喻的错法——这种错
法只有一个可能，排字房的小徒弟不小心，打翻了一部分排好的

铅字，胡乱撮列成行。这在抄本中可能吗？

譬如周汝昌所提出的一条：

第四十一回有眉批云：

"尚记丁巳春日，谢园送茶乎？展眼二十年矣。——
丁丑仲春，畸笏。"

丁巳是乾隆二年（一七三七），丁丑是乾隆二十二
年（一七五七）。

"丁丑仲春"和前文所引"辛卯冬日"（乾隆三十六年，
一七七一），都是不见于他本的作批年月。谢园一名亦
初见。这些对于考察《红楼梦》及批语的写作时间、曹
雪芹的交游活动等，都有一定的帮助。

此将"转眼"认为"展眼"。按：抄书非他人口述笔录，如
为笔录则可能以"转眼"误书为"展眼"，音固不误，抄书以目"转"
字绝不会误认为字形全不相似的"展"。又此条仿庚辰本批：

伤哉！作者犹记矮䫜舫前以合欢花酿酒乎？屈指
二十年矣。

不但故弄玄虚，而且自以为聪明地搞得非常笨拙、马脚尽露。

如十三回，据陈庆浩《新编石头记脂砚斋评语辑校》，于"彼时合家皆知"辑录批语如下：

〔甲戌眉批129b〕九个字写尽天香楼事，是不写之写。

〔庚辰眉批272〕可从此批。

〔靖藏〕九个字写尽天香楼事，是不写之写。常村。

〔靖藏朱笔眉批〕可从此批，通回将可卿如何死故隐去，是余大发慈悲也。叹叹！壬午季春，畸笏叟。

〔参本回庚辰回末总评〕

"靖本"两批，不过将甲戌、庚辰两批略作变化，"九个字"云云，加批者之名，而又故意误"棠"为"常"，朱笔一批，则"通回"以下云云更为作伪之证，因十三回"回前总批"，"靖本"所批为周汝昌所称道，他在举"棠村"误为"常村"后说：

与此相关的，尚可举二条。其一，同回回前批云：

"此回可卿'托'梦阿凤，作者大有深意，……其言其意，令人悲切感服，姑赦之，因命芹溪删去遗簪、更衣诸文。是以此回只十页，删去天香楼一节，少去四、五页也。……"

由此得知原稿删去的有"遗簪""更衣"等文字，曾写及贾珍与秦氏的丑事。但"天香楼"一名，靖本正文却作"西帆楼"，并有批云：

"何必定用西字？读之令人酸鼻。"

这恐怕足以说明靖本此回还保留了某些原稿的痕迹，而后来作者索性就接受批者意见，连"西帆"二字也改去了。

按："西帆"不典姑且不论，但不通则事实俱在。宁国府不管是在北京还是金陵，必在城内，既不能泛江，又不能观海，试问从何得见西帆？

此外还更荒唐的是：

"孙策以天下为三分，众才一旅；项籍用江东之子弟，人唯八千。遂乃分裂山河，宰割天下。岂有百万义师，一朝卷甲，芟夷斩伐，如草木焉！江淮无崖岸之阻，亭壁无藩篱之固。头会箕敛者，合从（纵）缔交；锄耰棘矜者，因利乘便。将非江表王气，终于三百年乎！是知并吞六合，不免轵（轵）道之灾；混一车书，无救平阳之祸。呜呼，山岳崩颓，既履危亡之运；春秋迭代，不免去故之悲。天意人事，可以凄沧（怆）伤心者矣！大族之败，必不致如此之速；特以子孙不肖，招接匪类，不知创业之艰难。

当知瞬息荣华，暂时欢乐，无异于烈火烹油、鲜花着锦，岂得久乎？戊子孟夏，读虞（庾）子山文集，因将数语系此。后世子孙，其毋慢忽之。"

　　这种批，内容比较复杂。一方面表示了封建阶级对其没落命运的悲哀，一方面又反映了当时的统治集团内部的种种矛盾斗争，其所谓"匪类"不是指一般意义的"坏人"，而是指足以使他们卷入皇室争位这类事件的旋涡中去的人事社会关系。如果只是一家一族之事，就不会引录像庾信《哀江南赋》序文中的那样的话了。所以从这个角度来看问题，此批（以及还有一些类似的）还是值得注意的。

　　读庾信《哀江南赋》认为可以垂训子孙，而特为记于《红楼梦》的稿本上，世间有这种可笑的事吗？而更可笑的是周汝昌的见解："如果只是一家一族之事，就不会引录像庾信《哀江南赋》序文中的那样的话了。"

　　然则作伪的目的何在呢？亦不妨先看周汝昌所记：

　　　　最后，可附带一提的有两点。一是靖本首册封面下黏一长方纸条，左下方撕缺，尚可辨为"丙申三月□录"字样，上有墨笔所写曹寅题《楝亭夜话图》七古诗一首。

这可证录者已知《红楼梦》作者与曹寅有世系关系。另有一单页纸条，据发现者云在靖本中夹存，其首行书"夕葵书屋石头记卷之一"字样，次录一条脂批（亦见甲戌本，但文字有少数异同，兹不繁引）。

很显然的，"一长方纸条"及"一单页纸条"合在一起，是要让人产生这样一种感觉：此"靖本"的原藏主为吴山尊，而抄录于丙申年——乾隆四十一年。这一来，这个"靖本"的价值就高于程高本了。

"夕葵"为养亲之义，乾隆四十一年吴山尊尚未出仕，何来告老养亲？更何来"夕葵书屋"这个书斋名字？（详见拙作《横看成岭侧成峰》）

至于周汝昌前后态度的不同，先大加称赞，后又怀疑，如靖宽荣所说：

前面已经说过，周汝昌先生一九六五年把这些批语的主要内容和"夕葵书屋"残纸照片在香港《大公报》发表，一九七三年又在《文物》第二期一文中的"板本"一项专门介绍了我家收藏的抄本，都肯定了它的价值，后者还专门论证了"杏斋"应是"松斋"之讹，并且说，日本伊藤漱平先生和我国的杨霁云同志的看法和他"不

谋而合"。可是，他在一九七六年新版《红楼梦新证》
第一〇六三页却说，"在我能够目验原件之前，暂应持
以慎重态度"。为什么此前说得那样肯定，这时却又要
"持以慎重态度"了呢？不难看出：周先生当初只顾抢
先发表资料，就把可疑之处暂且不提。后来一想，如承
认了靖本批语，自己过去的一些论点便站不住脚。于是，
便利用靖本不在这一点故作疑词，以示"慎重"了。

《红楼梦》的起点
——从少年名士到满汉教习

　　文网之密，无逾清朝，但康熙年间与雍、乾两朝的文字狱，在忌讳上有极大的不同。康熙年间，对鼓吹反清复明的诗文悬为厉禁。雍、乾两朝则因世宗与高宗皆有足以损毁其作为天子的形象的缺陷，因而假借防止谋反大逆的大题目，钳制士林，同时运用各种手段湮灭不利于他们父子的证据。

　　这个工作，到了乾隆三十八年诏修《四库全书》推至顶点，高宗以为他的身世之谜永远不会有人知道了，但防民之口，甚于防川，由于三百年来口头相传，后世乃知清初有四大疑案；如今考定不疑者有雍正夺嫡，而在我自以为亦已考定不疑者，有董小宛入宫封妃晋后及世祖准备出家一案。此外，孝庄太后下嫁及高宗为海宁陈家之后两案，与事实虽有出入，但绝非全无影响之事。"夜半桥头呼孺子，人间犹有未烧书"，有形之书可烧，无形之文不灭，隐迹于字里行间，得与古人会心，自能通晓。

　　去年为了参加世界红学会议，我重新下一番功夫，由发现"右翼宗学"最初在石虎胡同这一点上突破，一路抽丝剥茧，到悟出元春为影射平郡王福彭，终于豁然贯通，看到了曹雪芹的真面目和《红楼梦》的另一个世界，虽然有些模糊，但轮廓是绝不会错的。

曹雪芹的真面目如何？《红楼梦》的另一个世界又如何？在未作解答以前，我要特别介绍《国初钞本原本红楼梦》，即所谓"有正本"中戚蓼生的一篇《石头记序》：

吾闻绛树两歌，一声在喉，一声在鼻；黄华二牍，左腕能楷，右腕能草。神乎技矣，吾未之见也。今则两歌而不分喉鼻，二牍而无区乎左右；一声也而两歌，一手也而二牍；此万万所不能有之事，不可得之奇，而竟得之《石头记》一书，嘻！异矣。夫敷华掞藻，立意遣词，无一落前人窠臼，此固有目共赏，姑不具论。第观其蕴于心而抒于手也，注彼而写此，目送而手挥，似谲而正，似则而淫，如春秋之有微词，史家之多曲笔。

"绛树"美人名，能歌善舞；"两歌""二牍"典出《琅嬛记》："绛树一声能歌两曲，二人细听，各闻一曲，一字不乱。人疑其一声在鼻，竟不测其何术？当时有黄华者，双手能写二牍，或楷或草，挥毫不辍，各自有意。"如此"神技"，任何人都"未之见也"。而曹雪芹则较绛树、黄华犹且过之，竟能一声两歌、一手二牍。此又何说？戚蓼生的解释是：

　　试一一读而绎之：写闺房则极其雍肃也，而艳冶已满纸矣；状阀阅则极其丰整也，而式微已盈睫矣；写宝玉之淫而痴也，而多情善悟不减历下琅玕；写黛玉之妒而尖也，而笃爱深怜不啻桑娥石女。他如摹绘玉钗金屋，刻画芗泽罗襦，靡靡焉几令读者心荡神怡矣，而欲求其一字一句之粗鄙猥亵不可得也。盖声止一声，手止一手，而淫佚贞静，悲戚欢愉，不啻双管之齐下也，噫！异矣。其殆稗官野史中之盲左、腐迁乎？

　　这段文章的本身就是曲笔，"淫佚贞静，悲戚欢愉，不啻双管之齐下"，乃是文学上的本事，与史学上的修养无关。然则何以不拟之为司马相如、扬雄，而比作左丘明、司马迁？当然，"盲左""腐迁"亦可称为文学家，但归类则必入史学。我们再看前文"如春秋之有微词，史家之多曲笔"，更可知所谓"一声两歌、一手二牍"为兼写不同时期的"金陵"与"长安"，亦可说明写"金陵"，暗写"长安"；更可说虚写"金陵"，实为"长安"。因为写"长安"犯了极大的忌讳，所以必得加上一道障眼法，照现在的说法是加上一层保护色。

　　障眼法也好，保护色也好，只讳浅者，不讳知己。曹雪芹的知己敦敏、敦诚兄弟，甚至为他"刷色"，如"扬州旧梦久已绝""秦淮旧梦人犹在""秦淮风月忆繁华"之类的诗句，帮助曹雪芹使读者产生错觉，以为《红楼梦》写的是"金陵"。试想，以敦敏、敦诚与曹雪芹的交谊，除了一句"不如著书黄叶村"，以及挽诗中的一句"开箧犹存冰雪文"以外，从未提到曹雪芹一生事业所寄的《红楼梦》，其故安在，岂不可思！

如上所谈，显然的，戚蓼生也知道《红楼梦》兼写"金陵"与"长安"，因征绛树、黄华之典作譬喻。但他也知道忌讳犹在，为了保护自己，不能不用曲笔。在以前，我亦只闻一歌、只见一牍，如今才懂得"横看成岭侧成峰"。所谓"红学"，自嘉庆年间至今已有一百六七十年的历史，而《红楼梦》自内容至版本，到处都是问题，聚讼纷纭，各执一见，而终无定论，皆由只闻一歌、只见一牍而起。如今，我可以毫不愧怍地说一句：大部分的疑问，都可以获得初步的解答了。这自然是因为我已得闻另一歌、得见另一牍的缘故。而如许红学专家，何以我独耳聪目明？如读者以此责我大言不惭，我只能说：我很幸运，本意是开煤矿，不道发现了石油。我是从研究孟心史先生的《清世宗入承大统考实》及《海宁陈家》这两篇清史论文中窥破了曹雪芹与《红楼梦》的秘密。

然则此另一歌、另一牍到底是什么？我写《曹雪芹别传》，就正是要解答这个问题。不过，我必须先指出：曹雪芹与《红楼梦》之间不能只画一个等号。我是写《曹雪芹别传》这么一部历史小说，并非作《红楼梦》内容研究的学术论文。当然，写曹雪芹就必须写《红楼梦》，但我的重点是摆在曹雪芹写《红楼梦》

的前因后果上，对探索《红楼梦》中哪些人是曹雪芹的家族、亲戚、朋友，只能本乎"知之为知之，不知为不知"的原则，量力而为——事实上贾宝玉、林黛玉、薛宝钗都属于文学上的创造，而非某一真实人物的传真。唯其如此，《红楼梦》才真正显得伟大。

我所要描写的曹雪芹的真面目，也就是《曹雪芹别传》的内容是这样的：

雍正六年元宵前后，曹𬣞革职抄家，举家回旗。由于平郡王福彭及怡亲王允祥的照应，不再有什么罪过。而且"百足之虫，死而不僵"，劫余的遗财也还能维持一个相当水准的生活。曹雪芹是包衣子弟，被选拔到新设的"咸安宫官学"去念书。这样到了雍正十一年，曹家又转运了。

这年二月，平郡王福彭被派为"玉牒馆总裁"，表面是主持十年一次的修订皇室家谱的工作，暗中却负有一项秘密任务——删除宗人府的"黄册"中一切不利于雍正及皇四子弘历的记载。福彭圆满地达成了任务。他一直为雍正所培养，至此通过了考验，雍正认为他才堪大用，四月间入军机，三个月后，继顺承郡王锡保而为"定边大将军"。奉有敕命，军前文官四品以下、武官三品以下犯法者，得便宜行事，先斩后奏。

由于福彭被赋予这么大的权威，因而曹𬣞虽未起复，但以定边大将军至亲的资格，自有人来趋炎附势，托人情、走门路，门前车马纷纷，重见兴旺的气象。

　　及至乾隆即位，福彭内召，复入军机，成为乾隆的心腹，权力仅次于庄亲王允禄，这因为他们从小亲密、关系特殊之故。当然，曹𫖯是起复了，而且还升了官，由员外升为郎中，奉派了好些阔差使。境遇优裕的曹雪芹复成纨绔，但以性之所近，渐渐成了个少年名士。

　　到了乾隆四年，福彭由于未能消弭一场潜在的政治危机，渐失宠信。乾隆十三年春天，孝贤皇后在德州投水自杀，流言四起，大伤帝德。于是乾隆杀大臣立威，渐有牵连及于福彭之势。积劳加上忧烦，福彭在这年冬天中风不治而薨。

　　曹家的靠山倒了，谁知祸不单行，第二年正月初五，和亲王府失火。祸首曹𫖯于是第二次被革职抄家——这一次很惨，因为落井下石的人很多，抄家抄得相当彻底，不但猝不及防，无法稍留退步，而且还有好些债务要料理。

　　乾隆十五年庚午乡试，曹雪芹捐了个监生下场，如果中举，下一年春天会试联捷，成了新科进士，则积逋可缓，新债得举，境遇又可改观。无奈曹雪芹最讨厌的就是八股文，结果仅中了一名副榜，等于未中。

　　但副榜亦有用处，可以成为"五贡"中的"副贡"，凭此资格，曹雪芹成了"正黄旗义学满汉教习"。这个义学设在西城石虎胡同，与"右翼宗学"为邻，曹雪芹因而得与在右翼宗学念书的敦敏、敦诚兄弟缔交。

　　《红楼梦》的写作即始于此时。君恩难恃、富贵无常,兴衰之速、境遇之奇、人情之薄、悔恨之深,以及他目击耳闻的许多政治上的秘密、豪门贵族的内幕,在在构成为文学上强烈而持久的创造欲,所以不过三四年的工夫,曹雪芹已经"抄阅再评"了。

　　当《红楼梦》初稿完成后,曹雪芹送请亲友详阅,立刻引起了相当严重的反应。由于他是以象征的手法描写康熙末年的政治纠纷,并穿插了好些王公府第中的遗闻逸事,因而招来了许多抗议、警告、规劝以及修改的意见。最强的压力来自平郡王府,因为第八十三回"省宫闱贾元妃染恙",解释何谓"虎兔相逢大梦归",配合第五回"金陵十二钗正册"写元春的诗与画来看,一望而知是指平郡王福彭,所以绝不容《红楼梦》问世。

　　于是曹雪芹做了很大的一个让步,将后四十回割爱。这一来梦无着落,便只好改名,先改《石头记》,再改《情僧录》,又改《风月宝鉴》。越改越俗,最后觉得还是《石头记》,既为主题所寄,又复语带双关——金陵一称"石头城"——比较贴切,因而至乾隆十九年甲戌,正式定名为《石头记》。

　　尽管如此,仍旧不能获得平郡王府的同意,此后一改再改,务期"真事隐去",迁就豪门,但始终不能尽如人意,亦就始终不能付梓。到得乾隆二十四年己卯,又来了一股新而强的压力——怡亲王弘晓亦不能同意《红楼梦》刊行,因为其中的"碍语"必将牵涉到他的父亲怡贤亲王胤祥以及他的胞兄宁郡王弘皎。

为了希望曹雪芹放弃《红楼梦》，怡、平两府极尽其威胁利诱之能事，利诱是可以保荐曹雪芹为"如意馆供奉"，充任御用的画师；威胁是利用曹雪芹包衣的身份，予以羞辱——传他到宫里当差，像唐朝的阎立本那样，跪着画画。但曹雪芹不为所屈，竟至于"断六亲"，内务府不理他，亲戚朋友不敢惹他。同情他、佩服他的人自然很多，但敢于在口头上、文字上提到他的却只有极少数的几个人，如敦敏、敦诚及他们的叔叔额尔赫宜、"觉罗诗人"永忠等。这也有个缘故，敦敏、敦诚为英亲王阿济格之后，阿济格功高而被诛；永忠则为恂郡王允禵的孙子，先世都曾受过极大的委屈，视《红楼梦》为替他们一吐怨气，对曹雪芹自然另眼相看。

由于《红楼梦》，曹雪芹生不能一饱，死无以为殓。他为什么付出这样大的代价？是因为他忠于艺术。他笔下的贾宝玉、林黛玉、薛宝钗、贾太君、王熙凤，先只是影射某一个人，但一改再改，隐去真事，笔触由史学的转向文学的，被影射的人逐渐有了他们自己的个性与型格，成了他笔下的嫡亲骨血，而且个个出类拔萃，如见其人，试问曹雪芹如何割舍得下？

最后让我在"红学"这个范畴中说几句话。除了跟龚鹏程先生所谈各种问题外，我要补充的是：

第一，由于"虎兔相逢大梦归"这个谜的解说，后四十回确为曹雪芹原稿，而非高鹗所续，敢说铁案如山。《红楼梦》之所以有种种纠缠不清，任何一种说法都有矛盾不通之处，割裂了《红楼梦》，只以前八十回为研究对象，是主要原因之一。

第二，"红学"有治丝愈棼之势，是由于有成见的人太多，而且还有伪造的版本，如所谓"于一九五九年由南京毛国瑶发现"的"靖藏本"就是。这个本子"未经红学家目验，即告'迷失'"（见联经版陈庆浩编著《新编石头记脂砚斋评语辑校》），事实上根本没有这个抄本，只有毛国瑶伪造的脂评。

据说，靖藏本可能于乾隆四十一年（丙申）抄录，封面原粘有一纸，首行书"夕葵书屋石头记卷之一"字样，周汝昌考出"夕葵书屋"是乾嘉年间四六名家吴山尊的书斋名，可惜他未曾一考"夕葵"的出典，否则他就会发觉这件事是如何荒唐。

先叙吴山尊的简历：乾隆二十年生，嘉庆四年进士，时年四十五岁，九年放广西主考，时年五十岁。后以母老告归，侨寓扬州，卒于道光元年，得年六十七岁。

由此可知，吴山尊起"夕葵书屋"这个斋名必在母老告归的五十岁以后，因为"夕葵"即有养亲之意，典出杜诗："孟氏好兄弟，养亲唯小园。……负米夕葵外，读书秋树根。"乾隆丙申，吴山尊年方二十二岁，尚未出仕，何来告归养亲？又何来"夕葵书屋"？只此便是作伪的确证，而且很可能就是周汝昌指使的。龚鹏程于此事别有考证，我不必多说了。

第三，《红楼梦》的内容历来分为索隐、自传两派，壁垒分明。

其实《红楼梦》既为索隐，亦为自传。而索隐派中，我特别要推崇邱世亮先生，他在《红楼梦解》一文中说："《红楼梦》影射康熙皇帝第四子雍亲王胤禛，以阴谋手段夺得帝位的秘史。宝钗影射雍正皇帝，凤姐影射隆科多，黛玉影射与雍正争位的皇子（按：指胤禛的同母弟、皇十四子胤祯），宝玉指康熙，而通灵玉即为传国玺。"此说大致不谬，但宝玉非指康熙，贾太君中有康熙的影子；宝玉影射废太子胤礽。此所以永忠"吊雪芹"的三绝："可恨同时不相识，几回掩卷哭曹侯"，是为他祖父申冤而感激涕零。第三首尤为明白："都来眼底复心头"，是感怀往事；"辛苦才人用意搜"，搜罗当年的秘辛；"混沌一时七窍凿"，将皇位何以由正黄旗纛，代天子亲征的"大将军王"胤祯，转到雍亲王胤禛手中之谜，一下都解开了。"争（怎）教天不赋穷愁"，是著此绝不能梓板刊行之书，为无可救药的"穷愁"。诗上诚恪亲王胤秘之子弘旿的眉批："此三章诗极妙。《红楼梦》非传世小说，余闻之久矣，而终不欲一见，恐其中有碍语也。"是何"碍语"，竟令天潢贵胄亦不敢一闻，亦就可以想见了。

归旗后的北平生活

——隐藏的金陵旧梦

　　人生有许多享受，听高阳先生快谈《红楼梦》，自属其中之一。他掀唇拊掌，雄辩滔滔。他寝馈文史，浸淫至深。他更有千万字以上小说创作的经验，甘苦遍尝，对小说创作之体会，当世论《红楼》，恐无出其右者。

　　但是，即令如此，他还是承认他早期许多对《红楼梦》的见解不太成熟。"为学譬如积薪，后来居上。那些文章都收在联经出版的《红楼一家言》里，现在看来当然会有些错处，但我从不讳言，学术是天下公器，我不仅希望得到旁人的批评和指正，我自己更是不断寻求突破，不惜以今日之我批判昨日之我。"他非常诚恳地说。

　　突破，不只是高阳一人的事，自一九七四年余英时发表《近代红学的发展与红学革命——一个学术史的分析》（《香港中文大学学报》第二期）一文，即已意味着《红楼梦》研究已从内部激生了迫切寻求突破的努力。希冀在自传、他传、虚构等各派说法中寻找出一个新的"典范"（Paradigm）。如今，高阳先生声称他已找到一条线索，由这条线索，更可以建立"新红学"——既谓之为新，则必不同于过去的研究方向，而这一方向能否带来新而合理的发现，正是我们所关心的。

这条线索主要是镶红旗旗主平郡王福彭和曹雪芹及《红楼梦》创作的关系。

康熙曾做主把曹寅的长女许配平郡王讷尔苏，雍正四年七月讷尔苏因案削爵，由长子福彭承袭，他就是曹雪芹的亲表兄。雍正六年曹家抄家归旗，返回北京。不久福彭得雍正重用，任大将军、入军机，又与乾隆交往甚密。乾隆即位后，其权力之大，一时仅次于庄亲王允禄。

所以曹家也因福彭的关系，有过一段美好的"春天"，曹頫并复起调升为工部郎中。然而好景不长、君恩难恃，福彭在乾隆十三年十一月惊悸中风而死，十四年正月曹頫即因和亲王府失火而遭严谴，再度抄家。

陷于窘境的曹府为了打开家族的困局，乃由曹雪芹捐监生下场，希望博一科名，重振家声。不料事与愿违，曹雪芹乡试仅中副榜，不能联翩春闱，只好以副贡资格考入八旗义学担任满汉教习。落拓凄凉中，他对这段切身经历有着极深的感怆，遂开始写作《红楼梦》。

《红楼梦》一书，述三春之荣华，写天恩之幻梦，当然会牵涉到福彭和两朝的许多隐私，并因此而遭到平郡王府及一切有关人士的阻止。这些压力包括严苛的威胁、利诱和折辱，但《红楼梦》

终于还是写出来了。为了换取怡亲王府、平郡王府的认可，他也曾一再修改稿本，隐去真事、变更书名，却始终未能使平、怡二府满意。十年辛苦，字字血泪，竟落得泪尽而死、无法印行流传的命运，对一位作家来说，还有比这更惨的吗？

"这就是我对《红楼梦》创作的看法，"他长吁了一下，燃起一根烟，把烟喷到我脸上，"去年第一届国际红学会议时，我曾发表两篇论文《曹雪芹以副贡任教正黄旗义学因得与敦氏兄弟缔交考》《红楼梦中元妃系影射平郡王福彭考》，指出福彭在红学中的地位。我认为《红楼梦》以红为出发，以梦为归宿，正是环绕着镶红旗王子福彭而写的，既托政事于闺阁，便只好用胭脂、落花等字样来强调红楼之红。"

"元妃是福彭有什么证据吗？周汝昌曾说元妃是曹雪芹的姐姐，赵冈说是曹寅的长女和曹天佑的姐姐。至于福彭，周汝昌认为是《红楼梦》里的东平王，您从前则认为是北静王永瑢。"

"是的，要了解这个问题，必须先知道元妃在《红楼梦》里的地位。有元春才有贾府之繁华与大观园，元春死，大观园亦归幻灭。曹家哪位亲戚具有这种分量呢？曹家根本没有一位贵妃，雪芹或天佑是否有位姐姐更是可疑，若说元妃指曹佳氏，又和元妃早卒的说法不合，因此从前种种推测均不可靠。"

"那北静王呢？北静王出场于元妃归省之前，保全贾府在元妃卒去以后，其地位在《红楼梦》书中也极重要。周汝昌、赵冈都认为北静王是乾隆第六子永瑢，但我觉得质郡王永瑢的身世及他和贾府的关系跟第十四回所说'当日彼此祖父有相与之情，同难同荣'不合。您认为呢？"

"是！永瑢当然不可能是北静王，周汝昌把《红楼梦》看死了，小说创作里怎么可能会一对一地硬配呢？多半是此搭彼载，一事一人或分成几处来写，许多事件人物也可能合并表达；北静王和元妃大致一为写平郡王的仪表，一为写平郡王对曹家的影响力。"

"我记得庚辰本四十二回回前总批曾说'钗黛名虽二个，人却一身，此幻笔也'，六十二回写宝钗和探春行射覆令时，也有两覆一射的办法，似乎可以解释北静王和元妃这种创作手法：譬如北静王保全荣国府，就是暗指福彭在曹家抄革之际护全外家的事实；而元妃省亲则点出贾府因春来而群芳会聚。"

高阳啜口茶说："不错，第五回金陵十二钗正册描写元春那首诗和画，指实了元妃就是福彭。尤其是'虎兔相逢大梦归'那句，牵涉到元妃和福彭的八字，这是无法捏造或附会的证据。关于元妃的八字，用一个'土木之变'来实写福彭的八字，这种配合及设计非但异常精密复杂，而且相信八字，更是雍乾间常见的事，雍正本人就有一道朱谕给年羹尧说：'你的真八字不可使众知之，着实缜密好。'"

"关于您的看法，我也许可以稍加补充：一、甲戌本第一回说英莲（香菱）'有命无运，累及爹娘'，有朱笔眉批云：'看他所写开卷之第一个女子，便用此二字以订终身，则知托言寓意之旨，谁谓独寄兴于一情字耶？'可见这有命无运四字，必与《红楼梦》主旨有关。二、您解'三春'为曹家返京后十二年富贵生涯，十分精彩。以往红学家多以为三春是迎春、探春、惜春三姐妹，探春远嫁、迎春被中山狼折磨而死即是'三春去后诸芳尽，各自须寻各自门'。殊不知黛玉病死、宝钗结婚、湘云嫁卫若兰均在探春远嫁之前，惜春立志学佛，更谈不上'去'。反而是金陵十二钗正册及《红楼梦》十二曲一再呼吁大家要勘破三春，三春去后，就是'飞鸟各投林，落了片白茫茫大地真干净'。三春之重要性如此，无怪乎脂本有夹批：'此句令批书人哭死了。'又有眉批云：'不必看完，见此二句即欲坠泪。梅溪！'梅溪或是曹雪芹之弟堂村，三春花事，动关身世，湛然可见。"

"正是如此，福彭在《红楼梦》中居于唯一核心地位：《红楼梦》一书依实事而言，指镶红旗王子；就著作而言，指落花胭脂；以身世之感而言，则指血泪。由福彭跟曹家和《红楼梦》写作的关系看来，《红楼梦》书中除了少数借景及追叙往事、与南京织造衙门有关以外，绝大部分发生在京师，曹雪芹将他整个世界隐藏在'金陵旧梦'中，是为了让熟知这段事迹的人误以为他写的是曹寅、是金陵。因此我认为今后新红学的研究在时间上应集中于雍正六年至乾隆卅年，空间则须由南移北！"

高阳意兴遄飞地为红学研究绘制了一幅新蓝图，我对这幅蓝图仔细端详了一阵，才肯定地说："我想您是对的。甲戌本第一回'昌明隆盛之邦'，夹批'伏长安诗礼簪缨之族'下有'大都、伏荣国府'，分明说荣国府在长安，书中却明写金陵，暗指长安。李商隐有两句诗说'红楼隔雨相望冷，珠箔飘灯独自归'，设若赋诗断章，则亦不妨说从前的研究者都是隔雨相望，珠箔之中并不见美人。直到'美人一笑褰珠箔，遥指红楼是妾家'，才晓得另一红楼方属美人香闺。"

高阳大笑，声震屋宇。他认为这一发现也可以证明周汝昌的曹家"中兴"说，但周氏用以说明中兴这一事实的理由却不能成立，力攻高鹗，成见更深。从前他曾就文学的观点断言"绝无人可续《红楼》"，因为续书远比创作困难，若高鹗能续《红楼》，那他就比曹雪芹高明得多了。而且八十回与八十一回之间，并无明显的痕堑，八十回以前文字和情节疏漏的也不少，不能单责后四十回文采不佳（见《曹雪芹对〈红楼梦〉最后的构想》）。如今，他从福彭和元妃的关系上更证明了一百二十回须当成一个整体来看待，第五回提出的"虎兔相逢大梦归"，到八十六至九十五回始有解答，伏线千里，谁能续得出来呢？不宁唯是，透过后四十回，我们还可以解决曹家归旗以后的生活、《红楼梦》创作年代及流传，以及若干脂批的真实意义等问题。譬如八十五回"贾存周报升郎中任"，即指曹𫖯由内务府员外调升为工部郎中。第一回咏英莲诗所说"佳节须防元宵后，便是烟消火灭时"，甲戌本批"不直云前而云后，是讳知者。又伏后文葫芦庙失火事"；而葫芦庙失火，更有眉批云"写出南直召祸之实病"，这便指出曹家召祸之间接因素是福彭死亡，直接因素则是工部督修和亲王府不谨失火所致。这类经历，书中故示隐晦，是知者讳知其事者。《红楼梦》之所以一再修改，后四十回之所以无法传世，都与这类事实有关。八十回本既不能交代这"虎兔相逢大梦归"的梦幻天恩，书名便只好改成《石头记》了。周春《阅红楼梦随笔》说，乾隆末年流传两种抄本，八十回者为《石头记》，百二十回者为《红楼梦》，就是最醒豁的证据。

"此书本名《红楼梦》，应是可以确定的，"我说，"改名'石头记'，可能是因'石头城'的关系，以用明写金陵实指京华。"

高阳又大笑："这点倒是未经人道过！书名的改动正代表着创作方向的转变，梦不能出现，则改成《石头记》，再改作《情僧录》《风月宝鉴》《金陵十二钗》。这些改变固然表现了曹雪芹在外在压力下永不屈挠的精神，却也意味着他在修改过程中逐渐产生兴趣，一步步脱离史学而趋向于文学，从自传经历走向艺术创造的世界。像宝钗、黛玉这两个人物就是艺术创造的精品，而非现实人世的投射或复制！"这位自谦为"历史刑警"的怪杰停了一下，说："至于曹雪芹为什么不能点出梦来，为什么要讳知音，又为什么写作《红楼梦》会遭到许多折辱和压阻呢？这其中实际上关系着一桩至今尚未被清史专家发现的政治风暴。"

"原来康熙有子三十五人，早殇不叙齿者十一，不及封爵而卒者四。清朝家法，子以母贵，所以太子是皇二子胤礽。他仪表学问俱有可观，甚受康熙钟爱，但康熙四十七年九月行围塞外时，竟有弑父的企图。康熙愤懑不已，六夕不能安寝，亲自撰文告天地太庙社稷，废太子，将其监禁在上驷院侧的毡帐中，命皇长子胤禔和皇四子胤禛（雍正）共同看守。此时皇三子胤祉举发胤禔嘱使喇嘛以邪术镇魇太子，事出有据，遂将胤禔削爵，幽于私第。据《皇清通志纲要》所记，同时被圈禁的还有十三子胤祥，故康熙四十八年大封成年皇子时胤祥未封。可见这次厌胜事件原是胤禔和胤禛合谋，事发后才由胤祥顶罪的。所以雍正一即位，立即封胤祥为怡亲王，恩宠异数，除爵位可以世袭外，另封其子弘皎为宁郡王。而那位曾被雍正镇魇的废太子允礽，雍正对他更是内疚神明，因此雍正生前对皇位的继承问题一直十分烦恼，可能的安排是：先传宝亲王（乾隆），再传允礽之子理亲王弘晳，续传和亲王，而庄亲王允禄或即是这一计划的监行者。此所以和亲王与弘晳一直住在宫中，雍正崩后始行迁出。二人对乾隆也毫无敬谨之意，和亲王尤无忌惮，曾在家中演习丧祭事供他欣赏。乾隆此时因脚步未稳，对他们只能一意安抚，但依《王氏东华录》所收乾隆四年的上谕看，弘晳已有催促乾隆让位之意，并由庄亲王允禄和弘昌、弘皎等人共同拥立弘晳，是一次流产的宫廷政变。

"乾隆本人出身寒微，系热河行宫宫女所生，雍正曾派福彭

玉牒馆总裁，审改乾隆出身，因此他跟乾隆的关系非比寻常。乾
隆还是宝亲王时，疏宗中唯一为其诗集作序者只有福彭。对于皇
位继承问题，乾隆若想改变既定的安排，策动庄亲王及相机疏解
的任务，便非福彭莫属。然而，政变仍旧爆发了，福彭既大负所托，
圣眷当然渐归衰弛。这就是《三春争及初春景》的由来。《红楼》
所写，既以福彭为中心，自会牵涉到这其中许多隐曲，譬如宁郡
王弘皎，上谕说他'乃毫无知识之人，不过饮食燕乐，以图嬉戏
而已'，正是宁国府贾珍的写照。乾隆二一年以后，文网深密，
他们不欲《红楼梦》问世，也是情理之常。"

　　这波谲云诡、惊心动魄的一幕，高阳擘肌析理，娓娓叙来，
听之忘倦。我若有所会，问道："大观园除以省亲别墅为中心之外，
怡红院总一园之首，此或即指平怡二府而言。"

　　"呵呀！不错。"他接过我手上一册排印本，细看了一回，
"曹𫖯抄家后即交怡亲王照看，福彭得以大用，也是允祥保荐
的。怡红二字，由贾妃来改，正表示福彭不忘本；而怡红总一园
之首，更显示了《红楼》与平怡二府关系密切。已卯原本《红楼
梦》就是怡亲王府过录的，且过录得十分匆促，动员九个抄手，
每人分数页流水作业，原因就是怡亲王急于想看书中到底写了些
什么！……"

　　夜愈来愈深，由窗口望去，一个个楼影自莽莽玄夜中冷然立
起。高阳仍在阐述他的发现，澜翻泉涌，胜义纷呈，几于目不暇

给，耳不暇接。我静坐倾听，却又不禁兀自凝思：他透过八旗制度、清宫规制、曹家背景及清初政治派系纠纷、小说创作之体会等线索，除了揭发雍正夺位、乾隆继位之谜，是清史研究上一大发现之外，造成的红学"突破"有三：一是勾勒出曹家和曹雪芹归旗后在北平的生活状况；二是指出《红楼梦》包含有一个隐藏在金陵旧梦中的世界；三是证明福彭在书中的核心地位。由此突破，他具体地解决了书名及其流传、后四十回真赝、如何由史学记纂转化成文学创作等三大问题，而建立起"新红学"的基础。这些在学术史上代表了什么意义呢？

近代学术，自逻辑实证论过分强调形式和方法之后，学者已不自觉地将注意力集中到形式探讨上去了。当某一门学科滞止不前时，学者们便归咎于缺乏有效的方法或方法论可资应用、指引，却忽略了实际问题的研究及突破。其实，一门学科能否进步拓展，端赖实际问题的解决，而实际问题之解决又常带来"方法"的改革或创新，高阳便是个最好的例子。今后，如何在"新红学"的基础上补充填实，构筑广厦，就是我们大家的责任了。

功名与弟兄——抄家后的十年

曹雪芹非右翼宗学职员或助教

成疑问的曹雪芹与敦敏、敦诚的关系

乾隆二十二年丁丑秋，敦诚自喜峰口《寄怀曹雪芹》七古一首，中有句云："当时虎门数晨夕，西窗剪烛风雨昏。"周汝昌以为"虎门"可"指侍卫值班守卫的宫门"，所以"敦诚的诗分明是说当年与雪芹同为侍卫在一处的事"。

吴恩裕在他的《四松堂集外诗辑跋》一文中，考定"虎门"指"右翼宗学"，并据《宸垣识略》以及现有"'宗学夹道'这一条胡同"，指出"右翼宗学"在北平"西城的绒线胡同"。此虽成定论已久，但留下一个绝大的问题，无法解决。他说：

> 雪芹和敦氏兄弟，在右翼宗学的相聚，不可能是同学，因为：雪芹不是宗室，不能入宗学。（下略）

> 但他们也不是师生的关系。也就是说，雪芹并不是宗学里面的正式教师。

> 敦氏兄弟对于宗学里面的授业教师，是十分尊敬

的。……由敦氏兄弟和雪芹应酬的诗文看来，可以看出
他们是平辈的口气。这是很明显的事实，无须细证。

其说合理，所以问题成立：

　　既非同学，也非师生，却又同在右翼宗学，那么他
们到底是什么关系呢？

对于这个问题，吴恩裕只能猜测：

　　有两个可能，但都不能肯定。一个是雪芹在右翼宗学中
担任一个位置不太大的职务；另一个是雪芹是宗学的助教。

　　那么，是不是有这"两个可能"呢？我可以十分肯定地说：
绝不可能。此因吴恩裕对复杂的八旗教育制度并无研究，所以才
会提出这两个表面言之成理，其实绝无可能的假设。兹针对吴文，
分两点说明不可能的理由如下。

　　第一，曹雪芹不可能"在右翼宗学中担任一个位置不太大的
职务"者，因为定制左右翼宗学，每学特简王公一人总其事，下
设总管二人、副管八人，即为管理人员。教务方面，每学设清书
教习、骑射教习各二人。汉书教习无定额，以每一教习带十名学

生为准，由礼部考取举贡充补。此外并钦命满汉京堂各二人，稽查课务（见《大清会典事例》）。

至于供总管、副管奔走办事之人，无非领催、护军、马甲等八旗末弁及类似听差的苏拉，并没有什么"位置不太大的职务"。退一步言，曹雪芹即令是内务府的微员，譬如说假定是九品笔帖式，亦无派至宗学服务的可能，因为内务府的政令另成系统。《清会典》卷八十九"总管内务府大臣"开宗明义就说：

> 掌上三旗包衣之政令与宫禁之治，凡府属吏户礼兵
> 刑工之事皆掌焉。

又"定内务府官之秩"下注：

> 府属文职、武职官，皆不由部铨选。

相对地，内务府的笔帖式亦不可能去占由吏兵两部铨选的缺分。宗学如有笔帖式，亦应由宗人府派出，不容内务府去夺他们的差使，而况并无此编制。

只有"八旗官学"始有助教

第二，曹雪芹亦不可能是"宗学的助教"。因为只有八旗官

学才有助教，而八旗官学隶于国子监。《清会典·卷七十六》：

> 学生之别二：曰八旗官学生，曰算学生。

"算学生"与本文无关，不论，"八旗官学生"下注云：

> 八旗满洲蒙古汉军及下五旗包衣，文职五品、武职
> 三品以上者，皆挑取官学生，入八旗官学；其宗学、觉罗学、
> 幼官学、咸安宫官学、景山官学，皆不隶于监。

宗学既非隶于国子监，则国子监的助教又何能派至宗学？

按：国子监的助教分汉、满、蒙三种。贡监读书的"六堂"无满蒙助教；唯八旗官学有之，额定每旗满助教二人、蒙古助教一人、汉助教四人。但职称中虽有"教"字，实际上并不管授业，而是八旗官学的事务人员。如官学学舍坍塌，每间给建筑费十五千文，皆交由助教自行修复。《大清会典事例》中类此记载甚多。

那么，宗学中是否自己设了助教之类的职位呢？

《会典》具在，可以覆按，并无此项称职。

所以曹雪芹可能为宗学助教的假设是无法成立的。

石虎胡同

右翼宗学非始设于绒线胡同

以上是破，以下是立。线索在《钦定八旗通志》的《营建志》内。《八旗通志》有两部，一为乾隆初年所修，其内容截至雍正十三年八月二十三日世宗崩殂为止；一为嘉庆初年所修，增入乾隆朝一切政令，为别于旧志，冠"钦定"二字。

《钦定八旗通志》卷一一五《营建志四》于"右翼宗学"下记云：

> 右翼宗学于雍正三年初设在西单牌楼北口石虎胡同，
> 共房八十八间；乾隆十九年移设于绒线胡同内板桥迤东，
> 共房三十六间。

此右翼宗学，是北平的所谓"四大凶宅"之一。民国初年为众议院议长汤化龙所居，后改为松坡图书馆及蒙藏学校。兹先一考其来历，以明清雍正三年初设宗学时何以设右翼宗学于此。

以"凶宅"改设右翼宗学

纪晓岚《阅微草堂笔记》卷十《如是我闻四》：

　　裘文达公赐第，在宣武门内石虎胡同；文达之前，为右翼宗学，宗学之前，为吴额驸府；吴额驸之前，为前明大学士周廷儒第。越年既久，又窈窕闳深，故不免时有变怪，然不为人害也。厅事西，小屋两楹，曰好春轩，为文达燕见宾客地；北壁一门，又横通小屋两楹，僮仆夜宿其中，睡后多为魅异出，不知是鬼是狐，故无敢下榻其中。琴师钱生，独不畏，亦竟无他异。钱面有癜风，状极老丑，蒋春农戏曰："是尊容更胜于鬼，鬼怖而逃耳！"一日，键户外出，归而几上得一雨缨帽，制作绝佳，新如未试，互相传视，莫不骇笑，由此知是狐非鬼，然无敢取者。钱生曰："老病龙钟，多逢厌贱，自司空以外（文达公时为工部尚书），怜念者曾不数人，我冠诚敝，此狐哀我贫也。"欣然取着，狐亦不复摄去。

　　"裘文达"指裘曰修，字叔度，江西新建人，两榜出身；乾隆三十二年七月补礼尚，旋调工部。赐第当在此时。

　　上引之文说得非常明白。屋主第一个是周廷儒，明崇祯朝两度入阁。十四年以复社的支持复起，而明朝已成必亡之势，周廷儒内外交困，一筹莫展，唯营私利。十六年清军破边墙长驱南下，大掠山东，京畿震动。周廷儒不得已自请督师，驻通州。清军不战而退，周廷儒铺张战功，假报胜仗，为中官所揭发，被黜。言官又群起而攻，赃私败露，赐死籍没。所以此屋入清为官屋。

第二个屋主"吴额驸"，即是三桂之子应熊，尚清太宗幼女十四公主，顺治十六年号为建宁长公主。公主为康熙的姑母，生于崇德元年，顺治十年出降。康熙十三年"三藩之乱"，吴应熊只被监视，大学士王熙力劝康熙杀吴应熊，"以寒老贼之胆"，因连公主之子吴世霖并斩。

建宁长公主殁于康熙四十三年，额驸隶于宗人府，所以此屋自然归宗人府收回，雍正初年拨充右翼宗学之用是顺理成章之事。

曹雪芹如何得与敦氏兄弟缔交

论证至此，我所遭遇的问题与吴恩裕相同，即曹雪芹既非右翼宗学的成员，何得与敦敏、敦诚在石虎胡同共"数晨夕"？要解答这个谜，首先要研究的是，石虎胡同还有什么地方可以容纳曹雪芹，乃能邂逅得识敦氏兄弟，以气味相投，因而朝夕过从？

这只有三个可能：①家住石虎胡同；②在石虎胡同某家坐馆；③供职于石虎胡同某公家机关。①②两点，毫无线索；然则只有缩小范围，从③去探讨，而又须分两方面进行。

第一，在乾隆九年敦诚入右翼宗学至十九年右翼宗学由石虎胡同迁至绒线胡同的这十年中，以曹雪芹的条件，有一个什么样的公职是他所能担任的？

第二，在上述的十年中，石虎胡同有怎么样的一个公家机关适合曹雪芹去服务？

为了论证方便，我由第二点谈起。

石虎胡同的旗学

镶红镶蓝旗世职幼官学

《燕都丛考》"第三章内二区各街市"：

> 由李阁老胡同之西头，以达于西长安街之南北胡同，曰三府胡同，曰大栅栏；自是而西曰兴隆街，曰大秤勾，曰小秤勾（《八旗通志》作正沟），曰二条胡同，曰头条胡同，曰横二条；又西曰石虎胡同，中有小胡同曰果匣胡同，原名火匣子胡同；曰武功卫，旧作吴公卫（《八旗通志》作蜈蚣卫）；其西有小胡同曰锡拉胡同，以达于西单牌楼大街。

就地图上看，石虎胡同即在"大秤勾""小秤勾"之西。

"横二条"实为直二条，是南北向的胡同。曰"横"者，与东西向的头条胡同、二条胡同相对而言。由于"横二条"的隔断，石虎胡同是条不长的胡同，而就在这条不长的胡同中，除了"右翼宗学"以外，还有"正黄旗义学"及"镶红镶蓝旗世职幼官学"。后者创建于乾隆十七年，以未成年而袭世职、食半俸的"幼官"为教育对象，两旗合设一学，主要课程是清语与骑射，就时期及曹雪芹个人的条件及兴趣来说，皆不适合，无须深论。但"正黄旗义学"却有可以适合曹雪芹之位置。

八旗义学的缘起及组织

《大清会典事例》卷八百五十六：

> 雍正二年恩诏："养育人材，首以学校为要，八旗生童内或有家贫不能延师读书者，宜各设立学堂教育，钦此。"遵旨议定，八旗左右两翼设立义学。……六年议准，增设八旗左右翼义学。……再拨给石虎儿胡同官房二十二间半为正黄旗义学。

按：八旗官学生有国子监所奏准的定额，多为官员子弟。兵丁之子缺少机会，雍正因设此义学。初制左右翼为两所，雍正六年扩大为每旗一学，"正黄旗义学"设在石虎胡同，可能拨用原正黄三旗都统衙门的房屋。八旗都统共二十四（满洲、蒙古、汉军各成一旗，故总计为二十四旗），至雍正元年始有公署。正黄旗都统衙门先设在石虎胡同，雍正六年迁至德胜门内帅府楼胡同（见《八旗通志·营建志》）。

"义学"分"满汉教习学堂"及"汉教习学堂"，凡八旗子弟十岁以上、二十岁以下皆可入学，不拘定额；并随其志愿，读汉书或兼读满汉书。教习分两种："满汉教习"及"汉教习"。前者"由八旗举人及恩拔副岁贡生内考选充补"，后者由"汉举人及恩拔副岁贡生内考选充补"，曹雪芹如任义学教习，自是"满汉教习"。

现在回到第一点上来，乾隆九年到十九年的曹雪芹的条件，正宜于担任义学"满汉教习"这样一个公职。然则曹雪芹的条件是什么？主要的是资格。他的资格恰足以报考一个清高的义学教职。

曹雪芹的功名

三种不同的说法

赵冈研究《红楼梦》，下的功夫亦很深，他在《红楼梦研究新编》中探讨曹雪芹的出身，曾举了如下三条前人的笔记。

①梁恭辰《北东园笔录》四编卷四说雪芹"以老贡生槁死牖下"。

②叶浩《长白艺文志》稿本、小说部集类云雪芹官"堂主事"。

③叶德辉在《书林清话》卷九称雪芹为"孝廉"。

此外，吴恩裕在《四松堂集外诗辑跋》中，据邓之诚《古董琐记》云：

> 雪芹也是贡生

按：《古董琐记》内"曹雪芹"条辨曹绍非曹雪芹后裔，末云：

> 名霑，以贡生终；无子。

"无子"即所以证明曹绍非雪芹之后；而其根据至少有《鹪鹩庵杂诗》中敦诚《挽曹雪芹》诗注"前数月伊子殇，因感伤成疾"。可知语不妄发，则"以贡生终"四字亦必确有所知，殊非漫拟。

《长白艺文志》说曹雪芹曾官"堂主事"，其说存疑。《书林清话》称之为"孝廉"，后文另有说法。梁恭辰为梁章巨子，所著《北东园笔录》说曹雪芹为贡生，可做邓说的旁证。

我必须强调，邓之诚有一分证据说一分话，信用可靠。他收藏清人文集、诗集的初刻本、稿本、抄本极多，自道：

　　辛巳罢讲闲居、愈益搜求顺康人集部，先后所得逾七百种，……大约绝无仅有者五六十种，可遇而不可求者五倍之①。

易言之，邓氏之书，半数为孤本、珍本。又言：

　　坊肆之书，日益寥落，欲再求此七百种，恐亦非易事也。每读竟一种，作为题识，录于书衣；朋从皆知有此识语，每相怂恿，裒为一集②。
　　是即《清诗纪事初编》。

以《清诗纪事》证明邓之诚之言可靠

　　邓氏此书，体例严谨，纪事详明，对考证清初史实，有极大的用处，如明末遗民志节踪迹，康熙朝满汉倾轧、南北相争，以及"夺嫡"的纠纷等等，钩稽各家诗文，相互参校，有当于心，且信而有征，方始下笔，是故每每道人所未道，亦道人所不能道。其所记时人生平，百十言之间，有后世治史者穷年兀兀所梦想不到的收获。如清初巨富，皆知"南季北亢"。"南季"以季沧苇

① 见邓著《清诗纪事初编》自序。
② 同上。

之故，尤负盛名，而莫知其致富之由。《清诗纪事初编》却有解答，卷四记"季开生"云：

> 泰兴季氏自寓庸始兴；寓庸字因是，以天启二年进士，官吏部主事。……寓庸名在逆案，致资无虑巨万。其时言富者，恒数"北亢南季"，亢晋人，米商；季则行盐，尝斥十万金买书画古籍。

季寓庸即季沧苇之父。"名在逆案"，则是"阉党"，以"吏部主事"而能"致资无虑巨万"，则不在"文选司"，即在"考功司"，握有部分进退黜陟内外百官的大权，为魏忠贤的鹰犬之一。崇祯元年定"逆案"，季寓庸与阮大铖同在"削籍为民"的名单中，殊不料季寓庸即为季沧苇之父。

又如记桐城"张英"云：

> 英首以文学入直南斋，兼日讲，傅东宫，以至台阁。同时徐乾学、叶方蔼、高士奇等人，立党相竞，多所凌忽；英与陈廷敬甘心自下，始得保全。英乞假家居者五年，未及枚朝，遽以引退，以不与翻覆之局为幸。然许志进《谨斋诗稿》，有"桐城相国挽诗"四章，作于太子再废之时，盖追挽也。其次章云："往者□□祸，株连尽老成，呼

冤填北寺，谪戍走边城；牛李终相怨，园绮去亦轻。仙
人衡岳里，导气失长生。"明明谓英之去国，由于党争；
其没也，由于恐惧。英没于是年九月，与太子废，几于同时。
虽非严谴，而忧危震撼，殆有不得其生者矣。两阅月，
恤典始下，亦非故事。

凡对康熙朝党争有研究者，无不信服其言。从而亦可领悟，
何以张英之子廷玉独蒙雍正眷顾，以文学侍从之臣而亲许其配享
太庙？即因张英虽为废太子东宫旧属，但不与皇八子胤禩觊觎大
位之谋，故雍正引廷玉为心腹。《大义觉迷录》实出廷玉手笔，
自有由来。但我认为此记中，最值得注意的是张英的隐衷，须读
《谨斋诗稿》，始能明白。从而可知，当事人讳莫如深，尽泯痕迹，
殊未可断言必无此事。

又记曹寅云：

曹寅字子清、号荔轩、又号楝亭，内务府包衣旗人。
自署"千山"，盖其先辽阳人；宝砥则受田所在。

按：攻击所谓"资产阶级新红学"及"买办文人胡适"的吴新雷，
在《关于曹雪芹家世的新资料》一文中，费了好大的气力，才"论
定"曹雪芹"祖籍辽阳"。而在邓氏，只"自署千山"四字便证明了

"其先辽阳人"，同时亦为"浧阳曹氏"指出了来历，与受田宝砥有关。又：

> 南中名士，无不交往，盛有所遗，或为之刻集，唯
> 称顾景星舅氏为不可解。

按：顾景星字赤方，号黄公，湖北蕲州人，明朝贡生，少称神童，长而博学，与黄冈杜茶村齐名。入清不仕，康熙十八年举制科"博学鸿词"被征至京，称病不试，是一位高士。邓之诚尽读曹寅所著书及顾黄公《白茅堂全集》，不明他们的舅甥关系，自承"不可解"，态度是这样负责，所以可确信其说曹雪芹"以贡生终"必有所本。吴恩裕曾获邓氏赠书，并曾面晤，而不举以为问，实在可惜。

曹雪芹不但是贡生，我还可以进一步指出，他是副贡！

曹雪芹如何成为副贡

"五贡"

太学之制，"六贡三监"，而通常都只称"五贡"：恩、拔、岁、优、副。加上花钱所捐而实在不值钱的"例贡"，方为"六贡"。

　　略谙清朝教育及任官制度的都知道，五贡之中以"拔贡"为最名贵。雍正时六年一举，乾隆七年定为十二年一举，即逢"酉"年，产生拔贡。事先由国子监题奏，奉旨后行文各省学政考选，正试分两场，第一场试四书、五经、八股文各一，第二场试策、论、五言八韵排律各一。名额为府学两名、县学一名，宁缺毋滥。然后再经学政会同督抚，于秋闱以前覆试合格，方始报部。同时将正覆试原卷，解送礼部，奉请派御史"磨勘"。

　　拔贡朝考，定于"戌"年六月初在京师举行，钦命四书题、试帖诗题各一，并派阅卷大臣酌拟等第，进呈钦定。取入一、二等者，定期在保和殿覆试，钦命题目及阅卷大臣如初试。取入一、二等者，按省开单引见，分别授官，自七品小京官、知县试用至授教职不等。观此隆重严格的考试程序，与会试几无分别，十二年一举，且一县只取一名，再经一次覆试、两次殿试。论考试内容，八股、策、论，尤其是五言八韵排律，铺陈典实，更非腹笥不宽者所能办。所以拔贡而授为京官，虽翰林不敢轻视。八旗亦有拔贡，额定满洲、蒙古每旗两名、汉军每旗一名。

　　恩贡、岁贡为一类完全是比较资格。生员即俗称的秀才中，资格最深者为廪生，廪生中年资最久者即成"贡生于王庭"的岁贡。较其年资，共开三名，谓之"一正二陪"。倘遇国有庆典，恩诏加贡，即以本年正贡作恩贡，"二陪"中开列在前的"次贡"作岁贡。

　　优贡三年一举，在学政三年任满时，会同督抚就各学密报文

行俱优的生员举行考试，录取者即为优贡，次年朝考。但以优贡
在同治以前并无录用的办法，所以多不赴朝考。义学教习由"举
人及恩拔副岁贡生内考选充补"，独不及优贡，即以此故。

曹雪芹不可能是恩、岁、拔贡

以曹雪芹的情况而论，不可能是恩贡或岁贡，因为恩、岁贡
是用岁月熬出来的，往往一出贡即准予"衣顶告老"，以八旗而论，
恐亦无四十岁以下的恩、岁贡。

然而，曹雪芹亦绝不会是拔贡。因为"恩拔岁优"四贡，基
本上是进学的生员。生员有岁试，除丁忧以外，任何事故未参加
岁试者以"欠考"论，下次学政按临，仍须补考，欠考三次，可
能斥革。又生员分六等，故谓之"诸生"。除廪生外，如考列四等，
由学官"扑责示惩"，即用戒尺打手心。惯以白眼看人，而且最
怕拘束的曹雪芹，肯去考秀才，是件不可思议的事。

曹雪芹纳监赴乡试

准考义学教习的"恩拔副岁"四贡中，排除了"恩拔岁"三
贡，自然就是副贡了。副贡之副，即是乡试副榜之副，《清会典》
卷三十三：

　　凡乡试中式曰举人；副于正榜曰副贡生。

　　下注："副榜与正榜同发……每举人五名，取中副榜一名。"顺天乡试，满洲、蒙古编为"满"字号，中额二十七名。定例奇零不计，以二十五名计算，应取副榜五名。曹雪芹即为此五名中的一名，推论年份，最可能是乾隆十五年庚午。

　　那么，曹雪芹是凭什么去参加乡试的呢？方便得很——捐一个监生（例监），即可入秋闱。《清会典》卷七十六详载关于贡生监生"录科"的规定，以曹雪芹"内务府包衣例监"的身份，程序如下：

　　一、于乡试年份二月，取本旗文结送监。

　　二、五月初一日，举行一次考试，谓之"考到"。

　　三、自"考到"以后，至七月二十一日止，继续举行"录科"，又称"科试"，为参加乡试以前必须经过的"学力测验"。录科取中，由国子监造册送顺天府，准予乡试。

　　乡试中式，即为举人；下一年春闱得意，称为"联捷"。这是一条终南捷径，袁子才于乾隆元年举"鸿博"不第，即走这条路子，捐监生参加乾隆三年戊午北闱乡试，四年己未春闱联捷入词林。

"副榜"是否可称"孝廉"

曹雪芹曾入秋闱,有个旁证,即是叶德辉称之为"孝廉"。叶著《书林清话》卷九《纳兰成德刻通志堂经解之二》谈到《红楼梦》云:

> 其中宝玉,或云即纳兰。是书为曹寅之子雪芹孝廉
> 所作,曹亦内府旗人。

误"曹寅之孙"是"曹寅之子",并不足以证明曹雪芹为"孝廉"之说,出于叶德辉的捏造。"孝廉"为举人的别称,他说曹雪芹是"孝廉",亦如邓之诚之说曹雪芹为贡生,必有所本;亦就是说,他确知曹雪芹曾应乡试。成疑问的是:曹雪芹原为副榜,他误记为举人,还是明知曹雪芹为副榜,而称之为"孝廉"?

按:日人织田万所著《清国行政法泛论》:

> 副贡生虽中式乡试,成绩有可见者,超于定额,别
> 择为副榜。

此说甚当。副榜亦榜,榜上有名,则不论正副,皆为乡试中式,此所以俗称副榜为"半个举人"。民初曾任参、众两院议长的吴景濂,

辽宁兴城人，"站丁"出身。"三藩之乱"，吴三桂部下皆充军关外为驿站"站丁"，向例不准应试。清末放宽禁例，吴景濂得中顺天副榜，被称为"站丁举人"。是则叶德辉称曹雪芹为"孝廉"，或者在当时的习惯上原是可以允许的[①]。

结论——推断曹雪芹抄家归旗以后的生活情形

由贡院到义学

如上论述，曹雪芹与郭氏兄弟缔交于石虎胡同，铁案如山。在这个坚定不摇的基础上，根据本文所引的各种证据，综合曹雪芹的家世、经历、性情、际遇，逐步逆推，每一阶段的结果可说都是必然的。

一、唯有曹雪芹在正黄旗义学供职，才能与敦氏兄弟缔交；因为正黄旗义学不但与右翼宗学同在短短的石虎胡同，而且八旗义学至乾隆十九年已"有名无实"（乾隆二十二年裁撤八旗义学，上谕中曾加以痛斥），正黄旗义学自不例外，曹雪芹清闲无事，才得与敦氏兄弟共数晨夕。

二、唯有曹雪芹考上八旗义学的"满汉教习"，才得被派至

---

① 孟浩然诗"孝廉因岁贡"。叶德辉称曹雪芹为"孝廉"或即本此。

正黄旗义学供职，因为除了这个职位，正黄旗义学中别无可以安置曹雪芹之处。

三、唯有曹雪芹是贡生，才能考上八旗义学满汉教习，因为报考资格为"八旗举人及恩拔副岁贡生"，而曹雪芹不是举人。

四、唯有曹雪芹乡试中式副榜，才能成为贡生。因为以曹雪芹的性情，不可能成为生员，亦就不可能成为由生员出贡的恩、拔、岁贡，唯一成为贡生的途径是由副榜自然而然转为副贡。

出身内务府两官学

逆推到此，曹雪芹自雍正六年抄家归旗以后的生活环境，我已可以给他绘一幅蓝图。虽然这幅蓝图上云烟满纸，但毕竟不是黑漆一团；看这幅蓝图虽有雾里看花之憾，但毕竟不是全无影响之妄。这里且先一说绘制这幅蓝图的要点。

第一，曹雪芹于雍正六年归旗，时年十四岁，入内务府于康熙年间所设的景山官学读书。因为曹頫正获重咎，必然戒慎恐惧，恪遵功令，送子弟入内务府的官学，以备及年当差。

第二，雍正七年设置咸安宫官学，派翰林任教；选景山官学及内务府已及受书之年的俊秀子弟入学。以曹雪芹的资质当然会入选。

平郡王福彭与曹家

第三，乾隆即位后，曹家确有一段不坏的日子，不过不是如周汝昌所说的由于"元妃"而"中兴"，乃是深得平郡王福彭的照应。

平郡王福彭颇得雍正好感，任大将军、入军机，皆为"大用"。福彭与乾隆的交往甚密，当雍正十年，乾隆为"宝亲王"时，印行诗集，疏宗中唯一为此诗集作序的只有福彭。至于所谓照应，说如何让曹頫得以飞黄腾达，则以规制所限，不太可能；但内务府的好差使甚多，照应曹家的生活不成问题。所以乾隆二年，曹雪芹在满二十三岁，规定应该退学以后，过的是作诗作画、赏花顾曲、饮酒剧谈的既风雅又风流的公子哥儿的生活。

"脂批"中数度提到"三十年前"如何繁华，算起来是乾隆初年，不应是"金陵旧梦"，于此是可以得到合理的解释了。

"悼红"

第四，平郡王福彭薨在乾隆十三年十一月。冰山一倒，以内务府旗人的势利，曹頫自必大受排挤。曹家上下，习于挥霍；一方面收入大减，一方面债主盈门，几于破家。我认为所谓"悼红轩"之"红"，是指"镶红旗王子"（曹寅奏折中语）而言。

第五，为了打破家族的困境，乃由曹雪芹捐监生下场，期待秋闱得意、春闱联捷，便可重振家声。按：曹雪芹如入词林，可举"京债"；不入词林，则分部当主事或外放为"榜下即用"的县官，都可令人刮目相看。宿逋可缓，新债得举，家庭窘况顿时改观。无奈事与愿违，曹雪芹仅中副车；度时当为乾隆十五年庚午正科。十七年壬申，太后六十万寿开恩科，曹雪芹是赴试落第还是根本未下场，已难考证。

第六，既不能中举人，成进士，则为生活所迫，总得找个职业，乃以副贡考取八旗义学"满汉教习"，这几乎是曹雪芹当时唯一的出路。

以上六点，自谓为"小心的假设"，另有一个"小心的假设"是："脂砚"应该是李鼎。此已逸出本文范围，当别为文考证。

「元妃」影射平郡王福彭考

——隐藏在金陵旧梦中的另一世界

前言——"新红学"的起步

　　前文中，我肯定了平郡王福彭对于曹家的衰落具有决定性的影响，并认为"所谓'悼红轩'之'红'，是指'镶红旗王子'而言"。镶红旗本为清太祖第十二子英亲王阿济格所领，顺治八年十月阿济格获罪论死赐自尽、爵除，镶红旗改由平郡王为旗主，平郡王府及镶红旗都统衙门皆在京师阜成门为石驸马大街。

　　福彭对曹家的关系如此重要，在我发表上述考证以前，从未被人正视过。周汝昌虽有曹家于乾隆初年"中兴"之说，但谓由于"元妃"得宠之故。此为不经之谈，无足深论。我确信，目前摆在《红楼梦》研究者面前的最大课题是研究福彭及福彭对曹雪芹与《红楼梦》的影响，或者说研究福彭在曹雪芹心目中及《红楼梦》中具何等地位。

　　元妃在《红楼梦》中出现的次数少于"贾家"任何亲属，但没有元妃就没有大观园，没有大观园就没有《红楼梦》。同样地，福彭以亲贵体制所限，出现在曹雪芹实生活中的次数绝不会多于曹雪芹的其他亲属；但没有福彭，"作者"就不会"历经一番梦幻"、不会有"一把辛酸泪"，也就不会有"真事隐去"的《红楼梦》。就小说言《红楼梦》，元春恰如"甄宝玉"，分量不重；而就红学言《红楼梦》，福彭则如"贾宝玉"，非重视不可。

红学上长期以来若干引起争论的疑难，如后四十回的问题等等，在我研究了福彭对曹家的影响以后，确信已获得了不容争辩的解答。不但如此，由于了解了福彭，我认为除了脂砚是谁这一个问题以外，所有关于《红楼梦》、曹雪芹的问题，大致都有了答案。

以元妃影射福彭的证据

"弓上挂着一个香橼"

《红楼梦》第五回"金陵十二钗正册"，以第一页合写林黛玉、薛宝钗，所以钗虽十二，图只十一；第二页：

只见画着一张弓，弓上挂着一香橼，也有一首歌词云："二十年来辨是非，榴花开处照官闱。三春争及初春景，虎兔相逢大梦归。"

　　按："册"中的图与诗，或切姓名，或隐情节。切姓名者，如"湘江水逝楚云飞"嵌"湘云"之名。"凡鸟偏从末世来"，"凡鸟"指王熙凤。是故第二页香橼之橼，为元春之元谐音。此无可争辩，问题是那张弓如何说法？

　　"挂"与系不同，明言"弓上挂着一个香橼"，则弓非平置，而为挂于壁上可知。挂者，悬也；弓者，弧也。"悬弧"之典见《礼记》：

　　　　孔子曰：士使之射，不能……（注）男子生，设弧于门左。

　　"悬弧"既为生男的宣告，则此典故用于此处，明明为作者的强烈暗示，莫误猜为女子。再由"弓"字的声音去玩味，自然而然会想到福彭之彭。

　　孤证的说服力不强，这仍然是个假设，须进一步求证。

"二十年来辨是非"

　　曹雪芹"将真事隐去"，是经过一番精心设计的。

　　"真事"辛酸，赚人热泪，但文网既密，不能不隐，作者有一段矛盾的心情，"真事"唯恐人知，又唯恐人不知。不求人知，所以隐藏的方法很巧妙。欲求人知，必又故露破绽，以待有心人入手。此一页中的破绽，在第一句诗："二十年来辨是非。"

按：诗咏元春，即咏元妃；宫闱之事，与民间渺不相关，元妃既非如慈禧太后之垂帘听政，她之能不能明"辨是非"，于人毫不相干，所以这句诗入眼即予人以突兀之感。如果轻轻放过就算了。倘欲探究其故，则一步一步引人入胜，证据左右逢源，不一而足。

咏元妃的一首七绝，第一句只要想到元妃影射福彭，就很容易明白了。曹家于雍正六年被抄家，随即进京归旗，至福彭乾隆十三年十一月去世，不折不扣的二十年整。这就是说，福彭知道曹頫之被革职抄家，是受到当时最敏感的一个政治问题——"夺嫡"纠纷的冲击，至少曹頫本人是无辜的，所以二十年来顾念亲情，处处照应外家。

第二句"榴花开处照宫闱"，指福彭于雍正十一年四月入军机，在内廷办事，故曰"照宫闱"。榴开不必五月，节气早，四月开花常事，异种安石榴花则四时常开。

第三句"三春争及初春景"，"争"字训"怎"。就表面看，"三春"指迎春、探春、惜春，"初春"则指元春。三姐妹的福分皆不如大姐，故云"三春争及初春景"。其实另有深意，"严霜烈日皆经过，次第春风到草庐"，曹家在曹寅、曹颙父子先后下世，曹頫意外袭职不久，复有革职抄家之厄以后，曾有过一个日丽风和的"春天"。这个"曹家的春天",历时凡一纪,即自乾隆元年至十二年。十二年分为三段,每段四年,乾隆元年至四年,即为"初春"。所谓"三春争及初春景",谓仲春(五至八年)、季春(九至十二年)不及前四年。此由于乾隆四年秋天,发生了一次流产的宫廷政变,乾隆对福彭的关系发生了变化之故,这留待后文细谈,此处暂且搁起。

"虎兔相逢大梦归"

第四句隐藏着两个最具体的证据,对我来说,构成为最严重,也最有魅力的挑战。因为由"悬弧"以及"二十年来辨是非""三春争及初春景"这两句诗,已充分显示"元妃隐射福彭"假设,足可成立。但可想而知,证据即在这可望而不可即的第四句诗"虎兔相逢大梦归"中,如果找不出来,则假设始终是假设。

"大梦归"谓人之去世,自不待言。"虎兔"指地支第三位、第四位的寅、卯。干支纪年、纪日,人所易晓。但干支亦可用来纪月、纪时,尤其是纪月用夏历"建寅",则除知历法及子平之学者外,常不易了解。

因此,所谓"虎兔相逢"的虎兔,虽知指寅卯而言,但不知指年、指月、指日、指时?为历来红学家所轻视的《红楼梦》后四十回的第九十五回"因讹成实元妃薨逝",指为"卯年寅月",

设想甚妙。书中说：

> 是年甲寅年十二月十八日立春；元妃薨日是十二月
> 十九日，已交卯年寅月。存年四十三岁。

按：术者推命，不论闰月，以二十四节气分为十二个月。凡遇闰年，第二年的立春必在前一年的十二月；甲寅年十二月十八日立春，十九日即算作乙卯年正月，正月建寅，故为"卯年寅月"。

在此以前，第八十六回讹言"娘娘病重"，贾母又连日梦见元妃，都惊疑元妃有变。薛宝钗转述贾家那些"丫头婆子"，谈到当年有人替元妃算命，虽说只怕遇着"寅年卯月"，但却无碍，因为"今年哪里是寅年卯月呢？"这句话没有写清楚，是年虽为甲寅，但序属清秋（见下回宝钗致黛玉书），卯月为二月，早已过去，故知不妨。却不料元妃之死是在"卯年寅月"，仍然是"虎兔相逢"。既有伏笔，又出新解，设计是相当周密巧妙的。

不过，既是"真事隐去"，则福彭必非死于"卯年寅月"，方合逻辑。据《王氏东华录》，福彭死于乾隆十三年戊辰十一月十八日。这年闰七月，十二月十六日为己巳年立春，可知"虎兔相逢"之说应别求解释。

福彭死于立春之前，元妃死于立春之后。福彭死于十一月十八日，而元妃死于十二月十九日，恰好加了一个月又一天，凡此如果是渺不相关的两个人，自无道理之可言；但既以元妃影射福彭，则两者之间必有关联，应该承认它是一个问题，但亦不妨视之为一条线索。

在我，由于确知有一个"曹家的春天"，所以"虎兔"的隐喻不难发现。乾隆十一年丙寅、十二年丁卯，此即"虎兔"。所谓"虎兔相逢大梦归"，意谓过了虎年、兔年，大限即到。《红楼梦》因为一开头就设计了一个"卯年寅月"的说法，不能不用"相逢"的字样。甲戌本第一回"并题一绝云"一段，上有眉批：

　　若云雪芹披阅增删，然后开卷至此，这一篇楔子又系谁撰？足见作者之笔，狡猾之甚。后文如此者不少；这正是作者用画家烟云模糊处，观者万不可被作者瞒弊（蔽）了去，方是巨眼。

"相逢"字样即为作者狡猾，但亦不必"巨眼"始能看出。

两个八字

烟云最模糊之处，是八十六回所写的元妃的八字。据贾家的"丫头婆子"们说：

　　前几年正月，外省荐了个算命的，说是很准的。老太太叫人将元妃八字，夹在丫头们八字里送出去，叫他推算。他独说，这正月初一日生的那位姑娘，只怕时辰错了，不然真是个贵人，也不能在这府中。老爷和众人说：不管他错不错，照八字算去。那先生便说：甲申年正月丙寅，道四个字内，有"伤官""败财"，唯申字内有"正官""禄马"，这就是家里养不住的，也不见什么好。这日子是乙卯，初春木旺，虽是"比肩"，哪里知道越比越好。就像那个好木料，越经斫削，才成大器。独喜的时上什么辛金为贵，什么巳中"正官""禄马"独旺，这叫作"飞天禄马格"。又说什么"日逢专禄"，贵重的很。"天月二德"坐命，贵受椒房之宠。这位姑娘若是时辰准了，定是一位主子娘娘。这不是算准了么？我们还记得说：可惜荣华不久，只怕遇着寅年卯月，这就是"比"而又"比"，"劫"而又"劫"。譬如好木，太要做玲珑剔透，本质就不坚了。

如上所述，可以列出元妃的八字是：

　　　　木　甲申　金

　　　　火　丙寅　木

日主　木　乙卯　木

　　　　金　辛巳　火

照命理上说："比肩"与"劫财"（即"败财"）为"日主"的同类，犹如兄弟。阴阳同性为"比"，异性为"劫"。元妃是木命，乙木为阴木，遇卯为比肩，遇甲、遇寅为劫财。"遇着寅年卯月"，便是"劫而又劫""比而又比"。

但所谓"就像那个好木料，越经斫削，方成大器"，此是指"金"（象征刀斧）与"木"的关系而言。木何可斫木、削木？此说不通。为此，我曾请教公认对子平之学最有研究、堪称权威的汪公纪先生，他说：

> 对于元妃的八字，我细看过了。大致与《红楼梦》八十六回所说的差不多，确是女命中难得的好八字；有"月德"，无"天德"，但有"贵人"，宜乎早年出阁；而亲族中除丈夫外，对父母兄弟皆有疏隔，是宫眷之命。但寿命不长，大概四十以后就会去世。命中木盛，木非所喜，逢寅卯之年，木上加木，所谓"比而又比，劫而又劫"，自无好运。但"越经斫削，方成大器"云云，就莫名其妙了。

这是证实曹雪芹这部分说错了；而错实出于故意，即在影射福彭的命造。

福彭生于康熙四十七年戊子六月二十六日卯时；八字是：

　　　　土　戊子　水
　　　　土　己未　土
日主　金　辛未　土
　　　　金　辛卯　木　半木局

计为两金、四土、一水、一木。经请教汪先生，他说：

　　此一八字，根基极厚，可惜缺火无根。金无火炼，难成大器。"土重金埋"，所以时干一"比"自然很得力。土既嫌多，流年逢土不利，自不待言。年支子为"食神"，有艺术天才，但也是个享乐派。

我又请教他己未及戊辰对福彭的八字的影响，汪先生说：

　　己未、戊辰，天干地支双重土，当然不好。辰为"水库"；对子年生的人来说，即所谓"交墓库运"，尤为不利。

我又请教汪先生："丙年呢？"汪先生说：

　　这个八字所缺者就是丙火。丙为"正官"，"官印相生"，再好没有。

　　说来有些不可思议，福彭袭爵在雍正四年丙午，而由军前内召，派为"协办总理事务"，则是乾隆即位改元的丙辰。雍正颇谙星命，黜讷尔苏而以其子袭爵，可能已知道丙年在福彭是"官印相生"，借以运用权术，作为一种笼络的手段。但雍正不会知道他命终于乙卯，到次年丙辰，乾隆用福彭为左右手，更不会想到己未、戊辰对福彭大不利。岂非不可思议？

　　流产的宫廷政变

　　然则"己未"是怎么回事？这重公案，牵涉到雍正夺位的纠纷及苏同炳兄所做的初步考证，乾隆生母极可能为热河行宫一李姓宫女的问题。我注意这些问题已久，虽以证据不足尚难有定论，但这年有一流产的宫廷政变则绝无可疑。《王氏东华录》乾隆四年十月：

　　　　己丑（初次）宗人府议奏："庄亲王允禄与弘晳、弘升、弘昌、弘晈等结党营私，往来诡秘，请将庄亲王允禄及弘晳俱革去王爵，永远圈禁；弘昌革去贝勒、弘普革去贝子、宁和革去公爵、弘晈革去王爵。谕：庄亲王允禄

受皇考教养深恩，朕即位以来，又复加恩优待，特令总理事务，推心置腹；又赏亲王双俸，兼与额外世袭公爵，且畀以种种重大职任，俱在常格之外，此内外所共知者。乃王全无一毫实心为国效忠之处，唯务取悦于人，遇事模棱两可，不肯担承，唯恐于己稍有干涉，此亦内外所共知者。至其与弘晳、弘升、弘昌、弘晈等私相交结，往来诡秘，朕上年即已闻之，冀其悔悟，渐次散解，不意至今仍然固结。据宗人府一一审出，请治结党营私之罪，革去王爵，并种种加恩之处，永远圈禁。朕思王乃一庸碌之辈，若谓其胸有他念，此时尚可料其必无。且伊并无才具，岂能有所作为？即或有之，岂能出朕范围？此则不足介意者。但无知小人如弘晳、弘升、弘昌、弘晈辈，见朕于王加恩优渥，群相趋奉，恐将来日甚一日，渐有尾大不掉之势，彼时则不得不大加惩创，在王固难保全，而在朕亦无以对皇祖在天之灵矣。

弘晳乃理密亲王之子，皇祖时父子获罪将伊圈禁在家，我皇考御极，敕封郡王，晋封亲王；朕复加恩厚待之，乃伊行止不端，浮躁乖张，于朕前毫无敬谨之意，唯以诌媚庄亲王为事。且胸中自以为旧日东宫之嫡子，居心甚不可问。即如本年遇朕诞辰，伊欲进献，何所不可？乃制鹅黄肩舆一乘以进，朕若不受，伊将留以自用矣。

今事迹败露，在宗人府听审，仍复不知畏惧，抗不实供；
此尤负恩之甚者。

弘升乃无藉生事之徒，在皇考时先经获罪圈禁，后
蒙赦宥，予以自效之路；朕复加恩用至都统，管理火器
营事务。乃伊不知感恩悔过，但思暗中结党，巧为钻营，
可谓怙恶不悛者矣。

弘昌秉性愚蠢，向来不知率教，伊父怡贤亲王奏请
圈禁在家；后因伊父薨逝，蒙皇考降旨释放；乃朕即位
之初，加封贝勒，冀其自新，乃伊私与庄亲王允禄、弘皙、
弘升等交结往来，不守本分，情罪甚属可恶。

弘普受皇考及朕深恩，逾于恒等，朕切望其砥砺有成，
可为国家宣力，虽所行不谨，由伊父使然，然亦不能卓
然自立矣。

弘皎乃毫无知识之人，其所行为，甚属鄙陋，伊之
依附庄亲王诸人者，不能饮食燕乐，以图嬉戏而已。

以上为罪状，以下为处分：

庄亲王从宽免革亲王，仍管内务府事，其亲王双俸，
及议政大臣、理藩院尚书俱着革退。至伊身所有职掌甚
多，应去应留，着自行请旨。将来或能痛改前愆，或仍

相沿锢习，自难逃朕之洞鉴。弘晳着革去亲王，不必在高墙圈禁，仍准其郑家庄居住，不许出城。其王爵如何承袭之处，着宗人府照例请旨办理。弘升[①]照宗人府议，永远圈禁。弘昌亦照所议，革去贝勒。弘普着革去贝子，并管理銮仪卫事……弘㬙本应革退王爵，但此王爵，系皇考特旨，令其永远承袭者；着从宽仍留王号，伊之终身永远住俸，以观后效。

以上所引，分明为拥立弘晳，而庄亲王允禄居于主持的地位。通观长谕，令人不解之处甚多。本为谋反大逆，而乾隆语气冲淡，似乎视作不甚严重之事，此其一；涉案者除弘升以外，其余诸人与雍正、乾隆父子都有很密切的关系[②]，尤其是庄亲王允禄[③]，照常理说，是绝不应该去拥立弘晳的，此其二；弘晳何所凭借，而敢于在乾隆面前"毫无敬谨之意"，且以"东宫嫡子"自居？此其三；罪名甚重，而处分甚轻，对庄亲王更似有无可奈何之意，何故？此其四。

由这四个疑点，可以想见这重公案的内幕极其复杂。我以为

---

　　① 弘升为恒亲王允祺之子。允祺行五，与最为雍正所恶之允禟同为宜妃所出。

　　② 弘晳为废太子允礽之子。雍正即位后，为拉拢允礽，打击允禩，封允礽为理郡王，后晋亲王。弘昌、弘皎皆怡贤亲王胤祥之子。康熙时，胤祥以事圈禁；雍正即位后，首释之于高墙，封为怡亲王，宠任无比。除怡亲王世袭外，另封弘皎为宁郡王。

　　③ 允禄为康熙第十六子，于天算火器，得康熙的亲授，并命之转授乾隆。雍正即位后，以允禄继庄邸为嗣并袭爵，便其继承庄邸遗产。

只有一个假设可以解释，即雍正生前对于皇位的继承问题另有安排，付托庄亲王照遗命执行。此当别为之考，不在本文范围之内。所当着眼者，是乾隆长谕中，说庄亲王与弘晳等"私相交结，往来诡秘，朕上年即已闻之，冀其悔悟，渐次散解，不意至今仍然固结"。这就是说：乾隆希望皇位继承问题，庄亲王能改变既定的安排，但因出于先帝遗命，不便公然表示，唯望暗中化解；而以福彭与乾隆的关系，犹如怡亲王胤祥之与雍正，是必负有策动庄亲王及相机化解的责任，"不意至今仍然固结"，则福彭显然大负付托，此为宠信不如以前的主要原因。

"土木之变"

就福彭的一生来说，乾隆四年是他的一大挫折，由此开始，渐走下坡。而乾隆四年为干支皆土的己未年。由于福彭的命运在五行生克之理上表现得非常明显，所以在己未以后，术者提出另一个重土之年戊辰亦大不利，极可能为毕命之时，因而有"虎兔相逢大梦归"之说，是全然可以理解之事。

论证至此，可以由虚设的元妃的八字与真实的福彭的八字来做一比较，证明曹雪芹在元妃的八字中，说错了的部分以及强调的部分，实际上正是指福彭的八字的特征。

一、元妃的八字，"初春木旺""日逢专禄"已足以说明乙卯这个日子好。所谓"越比越好"的说法，像元妃这种八字是用不上的。但福彭的八字却正是"越比越好"，因为"土重金埋"，要靠金多去平衡。

二、陈之遴《命理约言》中"流年赋"说"大抵命之所喜者，自非运之所忌"，若谓元妃的八字，以木命而"越比越好"，则命之所喜在木。行寅、卯之运，自非所忌，何以反成凶险的"虎兔相逢大梦归"？试看看福彭的八字，以金命而"越比越好"，故逢庚辛、申酉之年并无所忌。于此可知，表面强调寅卯两木，其实是暗中强调戊辰两土。而又适有乾隆十一、十二年的一寅一卯，因而设计出一个双关的元妃的八字，是煞费苦心的"土木"之变。

"加一"的秘密

我前面说过，福彭死于十一月十八日，而《红楼梦》中说元妃死于十二月十九日，日期上加了一个月零一天。这"加一"是个原则。

《红楼梦稿》说元妃"存年四十三岁"，苕溪渔隐在《痴人说梦》①中，为之订误云："元妃薨日是十二月十九日，已交卯年寅月，甲申至乙卯仅止三十二年。四十三岁当改三十二岁。"

———————————

① 此"苕溪渔隐"非宋人胡仔，为范锴回，嘉、道时人。

如今通行的排印本已据此改正。其实，说过了"年内春"便当加一岁，这种计算年龄的方法是很勉强的，至少不是普遍通行的。推命由于地支只有十二，而闰年月份十三，难以处理，故以二十四节气分十二个月，实际年龄过立春一天便加一岁，此较广东"积闰"的习俗尤不合理。《红楼梦》中设计由"寅年卯月"转变为"卯年寅月"，仍符"虎兔相逢"的凶谶，颇具匠心。但年龄的计算，以从卯年而加一，原可不必。所以然者，亦是因为怕对照太明显，易于被人看出，特为加上一个小小的障眼法。

按：由于福彭生于戊子、殁于戊辰，因而曹雪芹设计元妃生于甲申、殁于甲寅，以构成"土木之变"这个戏法。但亦怕人由两木（甲）轻易地想到两土（戊），所以强调两木为寅卯，年龄亦照卯年计算。

元妃既是影射福彭，因此计算福彭的年龄应用元妃的方式，生于甲申、殁于甲寅，既为三十二岁。则生于戊子、殁于戊辰，应为四十二岁，而非福彭的实际年龄四十一岁。

但用"加一"的原则，说元妃存年是三一二加一，为三十三岁，则又错得太明显了。因此索性多错些，但仍符合"加一"的原则，即在"十"位上与"个"位上各加一，由三十二变为四十三。这与十一月十八变为十二月十九，在月日上各加一的原则亦是相符的。

那么，这个"加一"的原则又是如何产生的呢？因为"曹家的春天"只有十二年，乾隆元年丙辰至十二年丁卯，而福彭殁于乾隆十三年，多了一年之故。

果然"绝无人可续红楼"

史学的证据支持文学的论点

在拙作《曹雪芹对〈红楼梦〉最后的构想》一文中，我断言"绝无人可续红楼"，我说：

> 第一，后四十回的文字，虽不及前八十回，但一般公认还是不错的。我不认为高鹗有此能力。尤其续书比创作还难，因为得舍弃了自己的一切，去体会别人的风格。如果高鹗续书能够看不出续的痕迹，那就比曹雪芹还要高明了。
>
> 第二，八十回与八十一回之间，找不出有什么不同。事实上从第五十三回"宁国府除夕祭宗祠，荣国府元宵开夜宴"以后，写到宁荣两府过了全盛时期，文字就慢慢地不行了，如既有第三十七回"秋爽斋偶结海棠社"，就不必再有第七十回"林黛玉重建桃花社"。再把两回文字作一比较，更是优劣判然。又如第七十五回，贾母

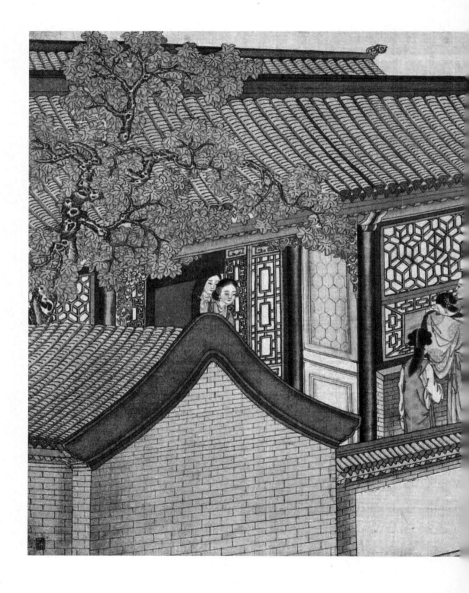

所讲的那个怕老婆的笑话，恶俗不堪，绝不能出之以如此身份的老太太之口；何况是儿孙满堂的场合。

所以一定说八十回以前好，八十一回以后较差，这话并不正确。

第三，第三十一回"因麟麒伏白首双星"是一大漏洞，为何不改？这一回改起来并不费事，除了另制回目以外，只要把"湘云伸手擎在掌上，心里不知怎么一动？似有所感"这三句话删掉，就一点痕迹都不留了。因此，我认为原书"引言"及高、程两序所说的都是实情，程伟元大概是个书商，而高鹗则是程伟元请来客串的"编辑"，因为"传钞一部"，"昂其值得数十金"，自然要"集活字刷印"，"急欲公诸同好"，没有工夫来细作校正了。（见拙作《曹雪芹对〈红楼梦〉最后的构想》）

这完全是就文学的观点立论，特别是就小说作者的创作心理上去体会而得的结论。现在，我所获得的史学上的证据充分支持了我的文学上的论点，果然，"绝无人可续红楼"！

证据显示，以元妃影射福彭，关于"虎兔相逢大梦归"这个谜，曹雪芹伏线千里，在八十六回至九十五回始有解答。其中机括重重，设计周密，任何一个续书者，都不会想到"虎兔相逢大梦归"原来应如此解释。就是想到了，纵有天大的本事，也无法去设计一个"将真事隐去"的"土木"之变的戏法，因为非当时与平郡王府关系密切的人，不会知道福彭生于康熙四十七年戊子六月二十六日卯时，而他的两金四土一木一水的八字中在命理上有那么多的花样。

　　向来研究《红楼梦》者，由于缺乏小说创作经验，故易为"高鹗续书说"所误，对后四十回都戴着有色眼镜去看待，全然不理会写一部小说应有的过程、交代与结果，将一部完整的《红楼梦》，硬劈成前八十回与后四十回，分别研究，以致永远在摸索、试探、猜测。我很欣幸我可以说得上有丰富的小说创作经验，确信"绝无人可续红楼"，以一百二十回作为一个整体看待，终于在某些"红学家"所不屑一顾的后四十回中找到了"虎兔相逢大梦归"的答案，肯定了后四十回为曹雪芹的原稿。同时也由后四十回中接触到了更多的真相——包括曹家归旗后的生活，《红楼梦》创作年代及流传经过，以及若干脂批中的真实意义。

曹頫确曾复起为工部郎中

　　《红楼梦》八十五回"贾存周报升郎中任"，我一向以为贾政是曹頫的影子，曹家既因福彭的关系有过一个"春天"，则"贾存周报升郎中任"自是指曹頫复起为工部郎中。按：曹頫革职时的底缺为内务府员外，复起为郎中，官升了一等。内务府包衣的出路甚宽，得占用满洲缺。户部、工部的司官更多内务府出身，所以曹頫由内务府员外起复，再调升为工部郎中，在理论上是完全可行的。

　　然而事实呢？我找到一条证据，可与后四十回确为曹雪芹原作一事互证，即是由"贾存周报升郎中任"，证明曹頫曾任工部郎中，而由曹頫确曾做过工部郎中，证明后四十回倘非曹雪芹所作，即不能根据事实制此"贾存周报升郎中任"的回目。

　　《红楼梦》第一回"惯养娇生笑汝痴"一诗，甲戌本逐句有批：

　　　　惯养娇生笑汝痴，

　　　　批：为天下父母痴心一哭。

　　　　菱花空对雪澌澌；

　　　　批：生不遇时。遇又非偶。

　　　　须防佳节元宵后，

　　　　批：前后一样，不直云前而云后，是讳知者。

　　　　便是烟消火灭时。

　　　　批：伏后文。

　　"伏后文"是哪一段后文的伏笔？是"三月十五葫芦庙中炸供，那些和尚不加小心"而失火。甲戌本此一段有眉批：

写出南直召祸之实病

"南直"为南直隶的简称，指南京。曹家戚属本来"一荣俱荣、一枯俱枯"。福彭一殁，荣枯同运的六亲大概都垮了，此即所谓"三春去后诸芳尽，各自须寻各自门"。因此，这里的"南直"自是指曹頫而言。

曹頫"召祸"的"实病"，是由于葫芦庙失火，然则葫芦庙又指什么？指乾隆十四年正月和亲王府失火，见《清高宗实录》。乾隆因此赏银一万两，又将前一年和亲王因事罚俸两年的处分撤销，足见这场火不小。

"葫芦"之"葫"为"和"的谐音。失火为正月初五，在元宵之前，与葫芦庙三月十五失火的日期不符。其实这是隐笔，真实时间前面已有交代，即是"惯养娇生笑汝痴"那首诗上的脂批，第一句泛指，第二句"菱花空对雪澌澌"，谓福彭生于夏日，殁于冬天。脂批"生不遇时"谓其八字中的缺陷。另一句"遇又非偶"，可能非脂砚所批，玩味语气，仍是八字美中不足之意。

第三句"须防佳节元宵后"的脂批，非常非常之重要。陈庆浩辑校脂批，于"前后一样"下加逗点，而实应为句点。这也就是说，这十五个字的批说的是两回事，最正确的排列法应该是：

前后一样。

　　不直云前而云后，是讳知者。

　　何谓"前后一样"？意思是曹頫在雍正六年被革职抄家以及这一次的出事，都是前一年冬天起祸，至第二年元宵以后，一发不可收拾，在时间过程上前后一样。

　　但是正月初是在元宵以前，为什么"不直云前而云后"呢？"是讳知者"。因为一说元宵前，曹頫的亲友就都知道是怎么回事了！现在要连"知者"都瞒过，所以将元宵前说成元宵后。

　　于此可知，曹雪芹将"真事隐去"，不但隐得深藏不露，而且希望"知者"误会他所写的是"金陵旧梦"。

　　至于何以和亲王府失火会殃及曹頫？由于这方面的资料太少，我还无法提出一个可以成立的假设。但愿提出三点看法，以供吾道中人进一步研究的参考：

　　一、和亲王虽早已成年，但一直未曾"分府"，直至乾隆即位后，始有上谕："和亲王向在宫内居住，今梓宫奉移之后，和亲王福晋，可择日暂移撷芳殿，俟和亲王府第定议时，再行移居。"（《清高宗实录》卷二，雍正十三年九月初十谕）①。

　　按：和亲王府在铁狮子胡同，原为贝子允䄉（即塞思黑）宅。据《燕都丛考》，北洋政府的海军部即为和亲王府。是否即吴梅

————————

　　① 此亦为雍正生前对皇位继承问题，一直未明确解决的证据之一。理亲王弘晳当时亦住于宫中，至雍正崩后始迁出，尤可玩味。

村《田家铁狮歌》所描写的田宏遇住宅，待考。若为田宏遇住宅，则至清末犹存，从未被火。或者被焚之和亲王府为新邸，甚至为曹頫所监造。被焚后，乃以允禩宅为和亲王府。若然，则新邸原在何处，亦待考。

二、乾隆十三年三月十一日，孝贤皇后崩于德州，实为投水自杀。起因与其弟妇有关：孝贤胞弟傅恒之妻，为乾隆所私幸，福康安实乾隆之私生子，此所以"身被异数十三"，独不得为额驸。此事我别有考证，自信得实。

总之，孝贤之死，大损"天威"。乾隆一方面多方尊后，并安抚傅恒，以为掩饰。一方面要"立威"，用高压手段恐吓臣下不得触犯忌讳，感情状态如在剃刀边缘，封疆大吏以百日大丧期内剃发获严谴至论死者有数人。素受亲信的讷亲，以征金川失利，命侍卫以其祖"遏必隆刀"斩于内召途中。张广泗征苗建大功，母丧曾赐祭一坛，但征金川失利，召至京亲鞫于瀛台，终于斩立决。张广泗为镶红旗汉军，福彭为镶红旗主，又为在内廷办事的"总理事务王大臣"，自不免在征金川一役中对张广泗有回护之处。据《红楼梦》九十五回叙元妃之死，说是"痰气壅塞，四肢厥冷"。又说"痰塞口涎，不能言语"，是中风之象，此亦即为福彭毕命的实录。因而可以推想得到，当时福彭一方面是看到乾隆翻脸无情，而且手段至辣，大受刺激；一方面怕受张广泗的牵连，被逮问罪，以致中风。

三、如果和亲王府失火，追究责任到曹頫身上，则以乾隆此时的心情，处置必然异常严厉。或者说承旨的王大臣，仰窥意旨，务为迎合，定罪必然从严，很可能第二次抄家。倘或福彭当权，必不至此。

结　论

福彭在"红学"中的地位

根据前述了解，我要说一句让有些红学家很伤心的话，费尽工夫去考证曹寅在日如何，几乎是枉抛心力。曹寅得君之专，以包衣之女得为王妃，自对曹雪芹的后来有密切的因果关系。但就曹雪芹写《红楼梦》来说，无论创作冲动、写作素材，都无直接的关联。有直接关联、密切关系的是福彭。若无福彭，不可能培养出绝世天才的曹雪芹，亦不可能有世界文坛瑰宝的《红楼梦》。

福彭对于曹家、对于《红楼梦》真是这样重要吗？答案是肯定的。敦诚、敦敏及张宜泉之为《红楼梦》研究者所格外重视，即因由他们的生活中可以反映曹雪芹的一部分经历、性情、生活状态。仅就这一点来说，了解福彭的生平，就远比了解郭氏兄弟及张宜泉来得重要。

我以为曹家自雍正十一年开始，日子就过得很好了。因为福彭于雍正十一年四月"协办总理王大臣事务"，在政府中的权势大概在庄亲王允禄、果亲王允礼、大学士鄂尔泰之次，居第四位。七月出为"定边大将军"，以和硕亲王额驸策凌为副将军。雍正对福彭特颁敕谕，许之为"忠诚任事之亲藩"，授权"凡将弁官员兵丁等，其或有临战退避、扰乱军机者，尔会同商议，文官四品以下，武官三品以下，即以军法示众"。

清初的大将军，威风八面，各部院衙门都有无条件支援的义务。康熙时更往往特简户部尚书为之办粮台（全部后勤业务），包罗至广，至于奏调各衙门人员至军前，无不照准。因此，这时的福彭，只要肯照应亲戚，无论将曹頫带至军前效力，或者驻京办理私人联络事务，都可以让他很得意。因为官场势利，为求军功保举或在谋取粮台等等差使，一定会去走曹頫的门路。

至乾隆即位，立即令福彭回京，以隆科多之弟庆复代之为定边大将军。福彭未到京以前，即命议叙军功。到京以后，仍任之为"协办总理事务"，又命果亲王允礼不必常川入值。对鄂尔泰亦不如雍正之信任，所以福彭的权力仅次于庄亲王允禄。这种情况一直维持到乾隆四年冬天。"三春争及初春景"的初春，即指这四年。但仲春、季春虽不及初春，毕竟仍是春天。直到"虎兔相逢大梦归"，于是"三春去后诸芳尽，各自须寻各自门"了。

福彭在《红楼梦》中不仅处于突出的地位，而且是在唯一核心的地方。整部《红楼梦》以"红"为出发、以"梦"为归宿，处处强调"红"字，但托政事于闺阁，即不能不以"红"为落花、胭脂之喻。其实此"红"既指"镶红旗王子"，亦指血泪。"字字看来皆是血，十年辛苦不寻常"，试问以何物书字，看来似血？一为银朱，二为胭脂。朱砚御笔所用，岂可名斋？那就唯有用"脂砚"，也正合乎整个托政事于闺阁的设计。

隐藏在"金陵旧梦"中的另一世界

福彭为我由幕后推至幕前，《红楼梦》出现了新境界。最重要的一点是，《红楼梦》中的一切情节与描写，除了少数借景及追叙往事，与南京织造衙门有关以外，绝大部分发生在京师，时间亦应定为雍正六年至乾隆十三年那"辨是非"的"二十年"。曹雪芹将他的整个世界隐藏在"金陵旧梦"之中。说得明白些，他希望连当时的"知者"，都以为他所描写的，只是曹寅在日全盛时代的富丽繁华。

曹雪芹的本意是不是如此呢？不完全是。他当然也知道，当时由于雍正夺嫡，以及乾隆本人亦有许多绝不能为人所知的秘密，所以删改"起居注""实录"甚至"玉牒"。收缴康、雍两朝朱批谕旨，乃至雍正"御制"的《大义觉迷录》亦不准讲解，严令收回。文网之密，几乎到了秦始皇时代偶语弃市的恐怖程度。因此，他托政事于闺阁，在写作技巧上必须非常小心，运用隐喻、分解

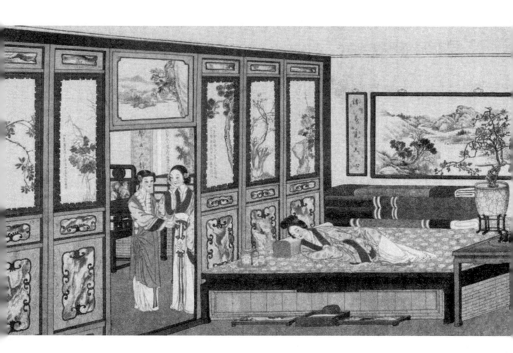

交错使用的手法，才能点点滴滴地隐真相于一个假设的、完整的、入情入理的荣宁二府与大观园中。

但是，在那个取富贵容易，长保富贵却很难的政治冲突极其尖锐、敏感的时代，仍有人为了本身的利害，坚决反对曹雪芹将他们的故事作为小说题材，哪怕是非常隐晦的写法亦不容许。其中最大的一股压力当然来自平郡王府；其次是怡亲王府，因为曹頫本来是交给怡贤亲王允祥照看的，而福彭之得以大用，显然亦由于允祥生前常在雍正面前称道的缘故。但允祥之死于雍正八年，是否由于助雍正"弑兄屠弟"而外惭清议、内疚神明，或者遇到雍正所交付的非常棘手的难题、忧惧憔悴以死，实在大成疑问。而最明显的是，福彭在己未年的遭遇，就必然会提到那桩流产的宫廷政变。这是碰都碰不得的事！须知乾隆到了二十年以后，统治权已强固无比，他又是最喜欢做翻案文章的人，此事一提，勾起旧恨，翻起案来，怡亲王弘晓及宁郡王弘皎两家都完了。

就情理上去推断，平、怡两府都是根本反对曹雪芹写《红楼梦》的。可是《红楼梦》还是写出来了。

曹雪芹环绕着一个"红"字，在时间、空间、情节，以及人物、地点命名上的多样设计，用烘云托月、声东击西、正反相生、宾主易位等等曲笔、隐笔去强调这个代表"镶红旗王子"福彭的"红"字，真是煞费苦心，"十年辛苦不寻常"，固非虚语，而"字字看来皆是血"，亦指在写作过程中所遭遇到的种种不公平的待遇。

　　明了曹雪芹为此一书曾遭受到强大无比的压力，对于《红楼梦》成书经过、流传情形，曹雪芹在乾隆十三年至临死的十余年间始终穷愁潦倒、竟无亲戚故旧加以援手的原因，以及脂批中许多费解之处、重要之处都有正确的解决途径可循了。

"新红学"的基础

　　根据对史实的了解，衡诸我的由千万字以上的小说创作经验而体会到的曹雪芹的心理，列出自信比较接近当时实况的情形如下：

　　（一）《红楼梦》全稿在乾隆十九年以前即已完成，最初的书名就是《红楼梦》，因为早期少数能获睹此稿本的人，诸如永忠等，无例外地都称之为《红楼梦》。同时如前所述，以"红"为出发点，亦是核心；而以"梦"为归宿，在这个书名上就显示了主题。

　　（二）为了获得平、怡两府的认可，曹雪芹曾一再改写《红楼梦》，务将"真事隐去"，此所以书名亦一再更改。但平、怡两府始终未能满意，尤其是"虎兔相逢大梦归"的因果关系，绝对不许有只字提及。这样，后四十回就根本不能出现。由于"梦"无交代，书名即不能用《红楼梦》而改用《石头记》。据周春在《阅红楼梦随笔》中所记，乾隆末年即流传两个钞本，一为《石头记》，八十回；一为《红楼梦》，一百二十回。而《石头记》有脂批，《红楼梦》无脂批的道理，亦就可以思过半矣。

（三）曹雪芹临死以前，还在不知做第几次的改写。"书未成而逝"，即指改写未成。

（四）曹雪芹虽死，稿本仍不能流传，此为平、怡两府制裁曹雪芹的手段之一。其他还包括断绝往来，褫夺曹雪芹在内务府应享的权利（很可能已将曹雪芹"开户"）。曹雪芹既不能获得旗人应得的"钱粮"，又不能以出售《石头记》抄本糊口。等到死后亦不能获得亲戚的谅解，而只能由少数挚友来替他料理后事。

（五）平、怡两府根本反对曹雪芹写《红楼梦》，威胁以外，当然还有利诱，所能猜想得到的是，以荐曹雪芹"供奉如意馆"，成为"宫廷画家"，来交换他放弃《红楼梦》，曹雪芹拒绝了。因此可能"传差"，以跪着作画来折辱曹雪芹。此即张宜泉诗"羹调未羡青莲宠，苑召难忘立本羞"的本事。

今后"红学"的研究，在时间上要放弃雍正五年以前，集中于雍正六年至乾隆三十年，尤其是乾隆元年至十二年；空间上要由南移北，重新在京师东、西城去探索。这是一个全然不同于过去的新方向。因此我大胆地提出一个"新红学"的口号。前述五点情况，便不妨说是"新红学"的基础。

《红楼梦》后四十回

——高鹗何能解曹雪芹所制的谜?

一

　　我在提交世界红学会议的第二篇论文《〈红楼梦〉中"元妃"系影射平郡王福彭考》中，曾解释了"虎兔相逢大梦归"这个谜。所得的反应颇为清淡，最大的原因是，这篇论文中的几个子目"两个八字""'土木'之变""'加一'的秘密"等，在不懂推命之术的读者来看，茫然不解。这原是不足为奇之事，因为精于子平者，未必对《红楼梦》有研究；而红学专家未必懂此一门"杂学"。《红楼梦》中医卜星相、营造饮馔的"杂学"最多，此所以做《红楼梦》考证不易。我的"杂学"亦是"三脚猫"，但已如药庐先生赠诗"绿鬓消磨到白头"，倘非一九七九年夏天以汪公纪先生数语启迪，稍通命理，悟知平郡王福彭的八字，灵验得十分巧妙，必为当时信此道者所津津乐道，则"虎兔相逢大梦归"这个谜便无由得解，那就连做梦都想不到"元妃"贾元春原是影射平郡王福彭。

　　在这篇论文中，我曾说过：

雍正颇谙星命，黜讷尔苏而以其子袭爵，可能已知道丙年在福彭是"官印相生"，借以运用权术，作为一种笼络的手段。

这就发生了一个疑问：清世宗（雍正）会不会因为一个人的八字好，便予以加官晋爵？约而言之：清世宗是否很重视一个人的八字？本文的目的，即在讨论这个问题。

二

尤达人《命理通鉴》前言：

前朝贤人辈出，阐理精微。如唐朝李虚中，宋朝徐子平，明朝刘伯温相国，万育吾尚书，清朝陈素庵相国，均对命理学有精微之见解，关于命理著作流传于世甚多，殊足为后学观摩。如刘相国之《滴天髓》，陈相国之《命理约言》，及徐子平之《渊海子平》，万育吾之《三命通会》等，均为世重。

《滴天髓》是否刘伯温所著，待考，但清初的"陈素庵相国"，

即吴梅村的亲家陈之遴所著的《命理约言》，却是命理学中的名著。命理学大备于明朝，所谓"十神"者，根据明朝社会及官场的习惯归纳而得，象征的意义，丰富、微妙而有趣。能为歌诀有云：

> 生我者为正印、偏印；我生者为伤官、食神；克我者为正官、七杀；我克者为正财、偏财；比和者为比肩、劫财。

则正印、偏印为父，伤官、食神为子，推广其意，凡长一辈能荫庇我者，皆为印。晚一辈听我所指挥者，皆为伤官、食神。伤官、食神皆可助我生财，但有邪正之分，故在官场中伤官可视为胥吏，而食神可视为幕宾。偏印则专克食神，故别名"枭神"。居官迎养其父于任上，安分守己做老封翁，自是正印。但若以"老太爷"的身份，揽权纳贿，包办诉讼，即为偏印。倘有这种情形，幕宾持正，必定反对。而发生冲突的结果，以老太爷的权威，幕宾必不能安于其位，此即所谓"枭神夺食"。食神既被克走，偏印更能为所欲为，结果非丢官不可。

我这样解释，以人事而知天命，尚未见前人说过。但我相信雍正一定懂这个道理，他喜欢替人看八字，着眼点恐在于偏印、偏官（七杀）与"日主"（本人）的关系。而看出好处来，利用为一种笼络的手段，颇有明证，最明显的是对年羹尧。孟心史先生著《清代史》，曾引故宫所藏年羹尧一折及朱批云：

年羹尧于雍正二年六月十五日，有谢赐诗扇折，朱批：
"朕已谕将年熙过继与舅舅隆科多作子矣。年熙自今春病只管添，形气甚危，忽轻忽重，各样调治，幸皆有应，而不甚效。因此朕思此子，非如此完的人，近日着人看他的命，目下并非坏运，而且下运数十年上好的运，但你目下运中言刑克长子，所以朕动此机，连你父亦不曾商量，择好日即发旨矣。此子总不与你相干了，舅舅已更名'得住'，从此自然全愈健壮矣。年熙病，先前即当通知你，但你在数千里外，徒烦心虑，毫无益处；但朕亦不曾欺你，去岁字中，皆谕你知老幼平安之言，自春夏来，唯论尔父健康，并未道及此谕也，朕实不忍欺你一字也。尔此时闻之，自然感喜。将来看得住功名世业，必有口中生津时也。舅舅闻命，此种喜色，朕亦难全谕，舅舅说：'我二人若少作两个人看，就是负皇上矣。况我命中应有三子，如今只有两个，皇上之赐，即是上天赐的一样，今合其数，大将军命应克者已克，臣命应得者又得，从此得住自然全愈，将来必大受皇上恩典者。'尔父传进宣旨，亦甚感喜，但祖孙天性，未免有些眷恋也。特谕你知。"

　　此批纽合年隆，恳切竟非人所料，岂但从古君臣所无，家人妇子间亦少此情话。乃一年之中，杀机即一动不可救，其为机深不测，待时始发耶？抑两人实有挟持其秘密以相胁之形迹，而恩雠中变耶？此未可知矣。

　　隆科多说"皇上之赐，即是上天赐的一样"一语，实能道出雍正对命理的一种特殊看法，就是他能"造命"。为臣子百姓的君父，即是为任何人的"正印"，他希望任何人记得《命理约言》中"正印赋"的话：

　　　　助正官而弥增荣显，化凶杀而妙有周旋；倚以扶身，印旺兮不愁衰弱；取之为格，印破兮立见迍邅。

　　无奈年羹尧全不理会，隆科多亦能说不能行，以致先后遭祸。唯有鄂尔泰深谙雍正的心理，得宠自有由来。其奏折说：

　　　　雍正四年九月十九日，云南巡抚管云贵总督事臣鄂尔泰，谨奏，为恭谢圣恩事。雍正四年八月初十臣赍折家奴，蒙恩赏给驿马银两，并捧御赐臣珍器六件、果干一匣到滇，臣随郊迎至署，恭设香案，望阙叩头，领受讫；及本月二十八日，臣赍折家奴复蒙恩赏给驿马，并捧御

赐臣纱一箱、瓷器二箱到滇，臣随郊迎至署，恭设香案，望阙叩头，领受讫。敬启折扣，恭悉圣躬甚安，自入夏来更好，臣无任欢忭，遍告属僚，盖一心独运，万岁过劳，虑有不格之豚鱼，隐施曲成之造化，固人所共见，而臣独深知者，乃复轸念臣愚，询及奴仆，勉以节养，徵以背负，闻臣勤瘁则戁忧怜，知臣健旺则致忻悦。并着将臣八字，便呈御览，捧诵累日，浃骨镂心，觉感激之私恫并忘，而瞻依之中诚倍切。唯圣人能造命，臣固自信臣命之非凡造也。其各条朱批，洞彻精微，一归平等，如桶脱底，如环无端。即此是学，臣更不须觅自了法，不了之了，一了百了。胥在乎此，设于此，有不尊，是无人理；设于此，犹不亲，是无天理。狗子亦有佛性，忍自不如狗子乎。臣知愧。臣勉矣。伏念。

雍正于"闻臣勤瘁戁忧怜"句旁，朱批："朕实质如此，上天鉴之。"于"将臣八字，便呈御览，捧诵累日"句下，朱批："朕因尔少病，留心看看竟大寿八字。朕之心病已全愈矣。"于"唯圣人能造命"句下，在"固自信臣命之非凡造"九字旁各加双圈。此即鄂尔泰视雍正为正印，而自谓其命造为"正印格"。所谓"取之为格，印破兮立见迍邅"。关于正印在命造格局中的地位，"正印赋"又有两句话：

入他格兮，不尽以印为重轻；取格印兮，斯专以印
为荣辱。

既然如此，则唯有一意扶印，才能"享禄而持权"。倘或损印，
即为自取灭亡。人臣有此想法，君上夫复何忧？

雍正之看人、用人，亦全合乎命理。皇八子胤禩、隆科多、
年羹尧等人，在他看来，全是"七杀"。七杀有制，谓之偏官；
偏官无制，即成七杀。《命理通鉴》论七杀云：

七位而相克，故曰七杀（七杀即七煞）。"七杀惨
酷无恩，专以攻身为尚，为譬如小人多凶暴，无忌惮，
若无礼法以制裁之，不惩不戒，必伤其主，故有食神制
之者，谓之偏官，无制者，谓之七杀，必须制合生化，
毋太过不及，是借小人之力，以护卫君子，以成其威权，
成大富大贵之命也。苟生化不及，日主衰弱，七杀重逢，
其祸不胜俱述，若七杀轻而制伏重重，苟再行制伏之运，
则尽法无民，虽猛如虎，亦无所施其技矣。大抵身旺杀
轻者，不但无须制伏，反喜财以生杀；身强杀旺者，喜
食神制杀，亦所以泄身之秀也。身弱杀强者，喜印绶之
化杀，亦所以生身也。至若身杀两停，羊刃驾杀，喜其
合之和之，庶能驾御以为用，七杀无独用之理，必须制

化和合，以成驾御之功。"

又陈素庵《偏官赋》云：

斯神先须处置，他物方可推详，或食神制之，而驯
其强暴；或印绶化之，而变作和平；或伤官敌之，而两
凶俱解……驾驭得宜，能作偏官之用；威权不亢，乃为
大贵之征。正印食神，化与制何妨并见……日主甚强，
即无制不为杀困……杀旺于身者，扶身抑杀为佳。

按：雍正夺位时，其自视与视胤禩皆乎上引的命理，分析
如下：

（一）得位不正，而敌人甚多，此即"杀旺于身"，必须"扶
身制杀"。倘"传位于皇四子"的遗命不假，立场自然坚稳，则
胤禩虽欲拥戴恂郡王胤禵，亦无能为力，实非"日主甚强，即无
制不为杀困"。

（二）雍正即位后，首封胤禩为廉亲王，以示修好，并动之
以富贵，这是"印绶化之"。

（三）皇十三子胤祥，为雍正自高墙释出后，而封为怡亲王
的胤祥，在雍正眼中是食神，足以制杀。所以胤祥封王后，与胤
禩并为主持政事的总理大臣，此即"化与制何妨并见"之谓。

（四）皇十七子胤礼，在雍正看，本亦在七杀之列。

雍正八年五月初七日，怡亲王仙逝悲恸谕后，初九日又谕："失此柱石贤弟，德行功绩，难以枚举。"中有云："又如果亲王在皇考时，朕不知其居心，闻其亦被阿其那等引诱入党；及朕御极后，隆科多奏云'圣祖皇帝宾天之日，臣先回京城，果亲王在内值班，闻大事出，与臣遇于西直门大街，告以圣上绍登大位之言，果亲王神色乖张，有类疯狂。闻其奔回邸第，并未在宫迎驾伺候'等语。朕闻之甚为疑讶。是以差往陵寝处暂住以远之。怡亲王在朕前极称果亲王居心端方，乃忠君亲上深明大义之人，力为保奏。朕因王言，特加任用。果亲王之和平历练，临事通达，虽不及怡亲王，而公忠为国，诚敬不欺之忱，皎然可矢天日。是朕之任用果亲王者，实赖王之陈奏也。"

孟心史先生论其事云：

据此谕，则知圣祖大事后，未奉大行还内以前，隆科多先驰入京。而果亲王允礼亦已闻大事而出，将奔赴畅春园，遇隆科多于西直门大街，始闻世宗绍登大位之说于隆科多之口，一惊至于有类疯狂。父死不惊唯四阿哥嗣位则惊而欲疯也，是凶问到京，而嗣主之问犹未到也。是阿其那等并无一传讯于兄弟间，仍凭隆科多一语而始露也。是在园在京所得传位之末命，皆出于隆科多之口也。夫允礼之见用，由怡亲王力保，允礼见奖于世宗，则缘能承世宗之意旨，首先搏击未败之阿其那，则所谓"公忠为国，诚敬不欺"之褒语，当知所由致也。此亦可用上谕八旗征之。雍正三年三月十三日，镶红旗满洲都统多罗果郡王允礼等将工部知会该旗文内，指写廉亲王之处参奏。奉上谕："如此方是。甚属可嘉。王大臣所行果能如此，朕之保全骨肉，亦可以自必矣。将此奏交该部察议，并将朕此旨，令文武大臣等咸各阅看。"

于此可知，胤礼本为七杀，后来化作伤官，为世宗所用。伤官聪明有力，但邪而不正，故与正人君子象征的正官不能并容，故有"伤官见官，其祸百端"的术语。但伤官与七杀相遇，制杀之力，不如食神，成势均力敌之势，两败俱伤则"两凶俱解"。

三

由以上的种种分析，可以得出如下的几点结论。

第一，雍正并不迷信星命之学，相反，他认为人定可以胜天，亦即"祸福无门，唯人自召"。他本身能推翻圣祖预定的计划和已被公认为天命所归的皇十四子胤禛，而夺得皇位，即证明了他的想法是正确的。

第二，他虽不信"命中注定"四字，但却深谙命理与人际关系相通奥妙之处，并有以命理来处理人际关系的非凡手段。

第三，他自己虽不信星命，但却希望他所驾驭的臣下笃信命理，"印不可破"，每一个人都以"正印格"自居，"专以印为荣辱"。他的第三子弘珅之死，即其行为无一而非损印辱印，故至忍无可忍时，不惜手毙亲子。而四阿哥弘历必是与鄂尔泰的想法相同，故能独蒙钟爱，继承大位。按：四阿哥弘历即后来的乾隆，生于康熙五十年八月十三日子时；他的八字，据《命理通鉴》所论如此：

清高宗（乾隆）之命：辛卯、丁酉、庚午、丙子。天干庚辛丙丁，火炼秋金，地支子午卯酉，局全四正，坎离震兑，贯乎八分，坐下端门，水火既济。妙在子午冲，使午火不破酉金，卯酉冲，使卯木不制午火，制伏得宜，包举全局，宜其为六十年太平天子，十全老人，二十五岁登基，内禅后又四年而终，寿八十九。

按：此论不举十神，专论五行生克之理，须依命书排一公式，

方便说明：

	金	辛卯	木
	火	丁酉	金
日主	金	庚午	火
	火	丙子	水

八字分年、月、日、时四柱，上为天干、下为地支。日主或称日元，八字中的一切关系，皆以日主为中心而发展，而日主之至，实指日柱的天干，称为日干。日干为庚，则乾隆为金命。西方庚辛金，在四时为秋；秋金生于中秋前两日，则为当令，复有年干上的辛金为助，当然是天赋甚厚的强势命造，术语称为身旺。

金出于土，则为金属矿砂、提炼成铁；铁炼成钢，处处需火。金无火炼，则为顽铁，所以金重犹须火强，方成大器。原论谓"天干庚辛丙丁，火炼秋金"，意即指此。

四柱的下一字地支，适为子午卯酉。科举时代，每三年为大比之年，所以十二地支分成三部分，以便计算。以方位排列，称为子午卯酉，即正北、正南、正东、正西；若以数字排列，则应称为子卯午酉，在钟表面上看，即为十二、三、六、九。两数之间，头尾四年，相隔为二，实足三年；是故子卯午酉之年乡试，便知翌岁丑辰未戌之年会试。唯以命理讲冲克，故用方位排列，称为子午卯酉、辰戌丑未、寅申巳亥，命书上称为"四专气""四长生""四墓库"。如高宗的命造，在命局中称为"四位纯全格"。

《命理通鉴》云：

> 四位纯全格。即柱中全见寅甲巳亥，或子午卯酉，或辰戌丑未是也。寅申巳亥为四马，男命得之，为驷马乘风，主大富贵。故《洪范》云："寅申巳亥迭见，有聪明生发之心。"女命则为意马心猿，孤而且淫。子午卯酉为四柱桃花，不论男女，皆主荒淫。故有"子午卯酉重逢，怀酒色荒淫之志"之语。辰戌丑未为四库，书云："辰戌丑未全，顺行帝王无疑。"如朱洪武之造是也。其不顺行者，亦主富贵。女命则谓为妇道之大忌。按：此格仍顺视天干财官衰旺，五行造化，斟酌用神时令之配合，依正格而取断为准。

按：子午卯酉四字为四仲之气，乃健旺之气也。凡人八字中有"子午卯酉"一二字，大抵有生发之象，健朗可喜，名利有成，此非指四位纯全而言，亦非论格局，唯依经验所得，得四仲中之一二字者，大抵名利较佳，其为生旺之用欤？

照此而言，高宗必为荒淫无道之主，世宗又何能以祖宗创业维艰之社稷付托？此则除在命理上另有说法，已见前引外，主要的是，"人定胜天"既由世宗本人证实，则鄂尔泰所说的"唯圣人能造命"，亦为世宗所确信不疑。四阿哥虽"怀酒色荒淫之志"，他却定然要造就他为英明有道之君。高宗禀赋特厚，勤奋好学，从小便一切都能符合世宗希望他上进的期待。相对，三阿哥弘珅既不成材，五阿哥弘时亦是情性骄纵，则天心默许，自必在四阿哥弘历了。

关于斥讷尔苏而用福彭者，最大的原因是讷尔苏一向与胤祯不睦。世宗即位后召胤祯进京，而以讷尔苏署大将军，原期讷尔苏会上疏攻讦胤祯，便可据以治罪，则讷尔苏得伤官之用。岂知不然，讷尔苏在世宗的"命局"中，是个无关紧要的"闲神"。而福彭则与四阿哥自幼交密，将来可资以为嗣君的辅弼，因而黜父用子。而挑在于福彭命造有利的丙年行动，则是隐真意于星命之中，此为英主的大作用。当时无人能够窥测，而福彭的一生却又有一连串的巧合，悉符命理的分析，因而艳传人口，乃有"虎兔相逢大梦归"这样一个奇妙的谜。《红楼梦》第八十三回、八十六回、九十五回的安排，为局外人梦想不到；高鹗纵有天大的本事，亦无法安排此三回书，来解释第五回有关贾元春的那首诗。因此可以确证，《红楼梦》后四十回必是曹雪芹原稿，非高鹗所续。

四

星相之术在康、雍两朝为贵族所深信，证据尚多。如胤祯特召张明德为其推算八字等等，皆见之于官书。所以然者，王公贵

族出身大致相同，才艺大多亦皆平常，何以有人安富尊荣一世，有人家破人亡，甚至辱及祖先？无可解释，则唯有托诸命运。《清稗类钞》"方伎"门有一条，名为"信恪二王生命"云：

> 信恪郡王如松，庄慎亲王永瑺，同年月日生，庄后信数刻，互以兄弟称。稽其生命，信先庄薨十七年。然其子恭王溍颖以复睿忠王爵，赠王为亲王。庄亲王无子，嗣其弟子承能。信恪王少封公爵，任工部侍郎等官。庄慎王少亦赐公，品级历副都统等官，虽文武稍差，而升转固如一也。

此言八字大致相同，故生前生后的福泽哀荣亦大致相类。至于汉人士大夫之间，则录数条以见当时风气：

> 溧阳相国史文靖公贻直之父字胄司，名夒。素精子平学。康熙辛酉携家入都舟泊水驿，生文靖，胄司取其造推算之，谓当大贵，时阻风，舟不得行，乃登岸纵步，见一冶工家适生子，问时日，正同，心识之。后二十余年，文靖已官清禁，胄司告归，复经其地，欲验旧事，自访之，则门宇如故，一白皙少年持斤操作甚勤。问其家，即辛酉某日生者也，竟夕不寐。忽悟曰："四柱中唯火太盛，惜

少水以制之。生于舟者，得水之气，可补不足。若生于镕铸之所，则以火济火，全无调剂之妙矣，其贫贱也固宜。"

史贻直与年羹尧同年而不相能，故年败而史得宠。此亦非关命造。

吴梅村晚年精星命学，连举十三女，而子暻始生。时娄东江孙华为名诸生，年已强仕，赴汤饼会，居上座。梅村戏云："是子当与君为同年。"孙华意怫然。及康熙戊辰，暻举礼部，孙华果与同榜。或赠梅村五十生子诗云："九子将雏未白头，明珠老蚌正相求。兰闺自唱河中曲，十六生儿字阿侯。"盖少妾所出也。

按：吴梅村精星命学，自然得力于陈素庵的指点。素庵子直方为梅村之婿，以其父获罪遣戍。两亲家皆精于命理，而皆不能预知家门之祸，则聪明实不如嵇叔子之妻：

嵇叔子精子平，自谓官可四品，而夫人之禄位不称。举孝廉，即丧偶，媒妁盈门，叔子算其八字，俱以为不类。某富翁欲以女妻之，先以年庚付一术士推之，术士云："此十恶大败之命也。"翁以情告，术士曰："试易之，何如？"因将生日移前数日，而时干亦易，通局俱变矣。
翁乃付媒妁使往议之。叔子以手推之曰："是恭人也。"
遂成姻。任杭州太守时，妻受四品封。叔子卒后十余年，
诸子将为母称七十觞，先期营办。恭人笑止之云："某
日非吾真生辰也。"因述其故，家人皆惊。盖嵇氏父子
为所绐者四十年矣。

最可注意的是这一条：

　　静海励文恭公杜讷久不徙官，一日，世宗召问曰：
"闻卿家养星士，卿亦自知何日大拜乎？"文恭惶恐谢罪。
上曰："此事有命，朕也不能做主。"寻转吏部。于时
常熟蒋文肃公廷锡方病笃，文恭固无恙也。忽腹热如火，
以鸡卵熨之，旋熟。遂先文肃二日逝。

　　按：励杜讷以善书法受知圣祖，四世皆翰林。其子廷议亦以
与年羹尧同年而不阿附为世宗所重。励杜仪养星士于家，世宗不
以为然，所谓"此事有命，朕也不能做主"。这无异提出警告：
居官不善，徒信星士何用？为世宗不信星命，而能利用命理驾驭
臣工之一证。

五

除星命外，厌胜祠祷之事，在康、雍年间亦颇流行。兹有两事，可以对着，一是《红楼梦》第二十五回"魇魔法叔嫂逢五鬼"，写赵姨娘与马道婆商量算计王熙凤与贾宝玉云：

　　赵姨娘听这话松动了些，便说："你这么个明白人，怎么糊涂了？果然法子灵验，把他两人绝了，这家私还怕不是我们的？那时候你要什么不得呢？"马道婆听了，低了半日头，说："那时候儿事情妥当了，又无凭据，你还理我呢！"赵姨娘道："这有何难？我攒了几两体己，还有些衣裳首饰，你先拿几样去；我再写个欠契给你，到那时候儿，我照数还你。"马道婆想了一回，道："也罢了，我少不得先垫上了。"

　　赵姨娘不及再问，忙将一个小丫头也支开，赶着开了箱子，将首饰拿了些出来，并体己散碎银子，又写了五十两欠约，递与马道婆道："你先拿去作供养。"马道婆见了这些东西，又有欠字，遂满口应承，伸手先将银子拿了，然后收了契。向赵姨娘要了张纸，拿剪子铰了两个纸人儿，问了他二人年庚，写在上面，又找了一张蓝纸，铰了五个青面鬼，叫他并在一处，拿针钉了，"回去我再作法，自有效验的"。忽见王夫人的丫头进来道：
"姨奶奶在屋里呢么? 太太等你呢。"于是二人散了，
马道婆自去，不在话下。

这以后，两叔嫂果然疯了，闹得天翻地覆，结果是让"癞和尚"
和"跛道士"治好了；这明明是一段鬼话。再看《东华录》康熙
四十七年八月初次废太子的记载：

上既废太子，愤懑不已，六夕不安寝，召扈从诸臣
涕泣言之。诸臣皆呜咽。既又谕诸臣，谓观允礽行事与
人大不同，类狂易之疾，似有鬼物凭之者。及还京，设
毡帐上驷院侧，令允礽居焉，更命皇四子与允祥同守之。
寻以废太子诏宣示天下，上并亲撰文告天地太庙社稷曰：
"臣丕承丕绪四十七年余矣，于国计民生，夙夜兢业，
无事不可质诸天地。稽古史册，兴亡虽非一辙，而得众
心者未有不兴，失众心者未有不亡。臣以是为鉴，深惧
祖宗垂贻之大业自臣而隳，故身虽不德而亲握朝纲，一
切政务，不徇偏私，不谋群小，事无久稽，悉由独断。
亦唯鞠躬尽瘁，死而后已。在位一日，勤求治理，不敢
少懈，不知臣有何辜，生子如允礽者，不孝不义，暴虐
惛淫，若非鬼物凭附，狂易成疾，有血气者岂忍为之?

允礽口不道忠信之言，身不履德义之行，咎戾多端，难
以承祀。用是昭告昊天上帝，特行废斥，勿致贻忧邦国，
痛毒苍生。抑臣更有哀吁者：臣自幼而孤，未得亲承父
母之训，唯此心此念，对越上师，不敢少懈。臣虽有众子，
远不及臣，如大清历数绵长，延臣寿命，臣当益加勤勉，
谨保终始。如我国家无福，即殃及臣躬以全臣令名。臣
不胜痛切，谨告。"

胤礽失教与宝玉相同，而特蒙圣祖钟爱，与事亦与贾母之宠
室至相类。《东华录》又记：

太子既废，上谕："诸皇子中，如有谋为皇太子者，
即国之贼，法所不宥。"诸皇子中，皇八子允禩谋最力，
上知之，命执付议政大臣议罪，削贝勒。十月，皇三子
允祉发喇嘛巴汉格隆，为皇长子允禔允礽厌事，上令侍
卫发允禔所居室，得厌胜物十余事。上幸南苑行围，遘
疾还宫，召允礽入见，使居咸安宫，上谕诸近臣曰："朕
召见允礽，询问前事，竟有全不知者，是其诸恶皆被魔
魅而然，果蒙天佑，狂疾顿除，改而为善，朕自有裁夺。"
廷臣希旨，有请复立允礽为太子者，上不许。左副都御
史劳之辨奏上，上斥其奸诡，夺官予杖。既上召诸大臣，

命于诸皇子中举孰可继立为太子者，诸大臣举允禩。明日，上召诸大臣入见，谕以太子因魔魅失本性状。诸大臣奏，上既灼知太子病源，治疗就痊，请上颁旨宣示。又明日，召允礽及诸大臣同入见，命释之。且曰："览古史册，太子既废，常不得其死，人君靡不悔者，所执允礽，朕日不释于怀，自今召见一次，胸中乃疏快一次。今事已明白，明日为始，朕当霍然矣。"又明日，诸大臣奏请复立允礽为太子，疏留中未下。上疾渐愈，四十八年正月，诸大臣复疏请，上许之。三月辛巳，复立允礽为皇太子，妃复为皇太子妃。

如以贾母喻圣祖、宝玉喻允礽，则赵姨娘便是胤禔，但马道婆却非喇嘛巴汉格隆。马道婆"绞了五个青面鬼"交代赵姨娘说："回去我再作法，自有效验的。"可知幕后另有人，马道婆无此能耐。

然则马道婆在废太子案中扮演的是什么角色？观上引两段《东华录》，稍加细参，便知隐去了皇四子胤禛，他既受命与胤禔同负监守之责，则胤禔找巴汉格隆谋害允礽一事，胤禛何得不知？胤禛居藩，好与僧道往来，养着许多喇嘛，巴汉格隆的来历可疑。由此看来，说马道婆影射皇四子胤禛，似乎并非无的放矢。

六

在后四十回中，有一连串"怪力乱神"，亦极可能是影射雍正七年世宗所得的一场大病。病为怔忡之症，即是现代术语的神经衰弱，一闭眼即梦见废太子来讨命，宫中建醮禳祷。《红楼梦》第一百〇二回"宁国府骨肉病灾裸，大观园符水驱妖孽"，有场道士作法的描写云：

岂知那些家人无事还要生事，今见贾赦怕了，不但不瞒着，反添些穿凿，说得人人吐舌。贾赦没法，只得请道士到园作法，驱邪逐妖。择吉日，先在省亲正殿上铺排起坛场来。供上三清圣像，旁设二十八宿并马、赵、温、周四大将，下排三十六天将图像。香花灯烛设满一堂，钟鼓法器排列两边，坛上插着五方旗号。道纪司派定四十九位道众的执事，净了一天的坛。三位法官行香取水毕，然后擂起法鼓。法师们俱戴上七星冠，披上九宫八卦的法衣，踏着登云履，手执牙笏，便拜表请圣。又念了一天的消灾驱邪接福的洞元经，以后便出榜召将。榜上大书"太乙、混元、上清三境灵宝符录演教大法师，行文敕令本境诸神到坛听用"。

此种规模，只有宫中才有。但以道士作法，是雍正的一种自我心理治疗，与传说封胤禔为潮神，建庙海宫，是同一作用。而世宗在西苑蓄着一班道士，炉火修炼明朝宫中所传的兴奋剂如"秋白"之类，以致雍正明光宗之暴崩，则在乾隆一即位后，即驱逐道士张太虚、王定乾等，并严厉告诫不得胡言乱语，否则"立即正法，决不宽贷"等语可知。

凡此皆非影射之事，皆非民间所知。我不相信高鹗会有这些资料，而且能在短期内续成四十回大书。